西東三鬼全句集

西東三鬼

角川文庫
20612

目次

旗	5
空港（『現代俳句』）	39
夜の桃	77
今日	111
変身	153
『変身』以後	273
拾遺	285

自句自解	363
自筆年譜	405
解説	414

西東三鬼

旗

自序

或る人達は「新興俳句」の存在を悦ばないのだが、私はそれの初期以来、いつも忠実な下僕である。

前半は昭和十年以後の作品から採録し、後半の「戦争」は昭和十二年以後の作品である。

私の俳句を憎んだ人々に、愛した人々にこの句集を捧げる。

昭和十年

アヴェ・マリヤ

聖燭祭工人ヨセフ我が愛す

燭寒し屍にすがる聖母の図

聖燭祭妊まぬ夫人をとめさび

咳《しはぶ》きて神父女人のごと優し

聖燭祭娶らぬ教師老いにける

あきかぜ

あきかぜの草よりひくく白き塔
貝殻のみちなり黒き寡婦にあふ
ほそき靴貝殻をふむ音あゆむ
風とゆく白犬寡婦をはなれざり
砂白く寡婦のパラソル小さけれ

昭和十一年

魚と降誕祭

聖き夜の鐘なかぞらに魚玻璃に
東方の聖き星凍て魚ひかる
聖き魚はなびらさむき卓に生く
円光も燭《ひ》もみじろがね魚ねむる
聖き書《ふみ》外《と》よりも黒く魚と在り

三章

小脳をひやし小さき魚をみる

水枕ガバリと寒い海がある
不眠症魚は遠い海にゐる

病気と軍艦

長病みの足の方向海さぶき
吹雪昏れ白き実弾射撃昏れ
水兵と砲弾の夜を熱たかし
砲音をかぞふ氷片舌に溶き
アダリンが白き軍艦を白うせり

春ゆふべあまたのびつこ跳ねゆけり
びつことなりぬ

恢復期

松林の卓おむれつとわがひとり

黒馬に映るけしきの海が鳴る

園丁の望遠鏡の帆前船

微熱ありきのふの猫と沖をみる

肺おもたしばうばうとしてただに海

八章

右の眼に大河左の眼に騎兵

白馬を少女瀆れて下りにけむ

汽車と女ゆきて月蝕はじまりぬ

爪半月なき手を小公園に垂れ

手品師の指いきいきと地下の街

女学院燈ともり古き鴉達

猶太教寺院《シナゴーグ》の夕さり閑雅なる微熱

ランチタイム禁苑の鶴天に浮き

フロリダ

運転手地に群れタンゴ上階に

ジャズの階下《した》帽子置場の少女なり

三階へ青きワルツをさかのぼる

花蝶

肩とがり月夜の蝶と花園に

花園の夜空に黒き鳥翔ける

花園にアダリンの息吐ける朝

＊

喪章買ふ松の花散るひるさがり

松の花葬場の屋根濡れそぼち

松の花柩車の金の暮れのこる

＊

黒蝶のめぐる銅像夕せまり

銅像の裏には青き童《こ》がゐたり

銅像は地平に赤き雷をみる

青き朝少年とほき城をみる
梅を嚙む少年の耳透きとほる
手の蛍にほひ少年ねむる昼
夏痩せて少年魚をのみゑがく
青蚊帳に少年と魚の絵と青き

六章

熱ひそかなり空中に蠅つるむ
熱さらず遠き花火は遠く咲け
算術の少年しのび泣けり夏

緑蔭に三人の老婆わらへりき
ハルポマルクス神の糞より生れたり
夏暁の子供よ土に馬を描き

鳳作の死

友はけさ死せり野良犬草を噛む
笑はざりしひと日の終り葡萄食ふ
葡萄あまししづかに友の死をいかる

栗

別れきて栗焼く顔をほてらする

別れきて別れもたのし栗を食ふ

栗の皮プチ〳〵つぶす別れ来ぬ

サアカス

道化出でただにあゆめり子が笑ふ

道化師や大いに笑ふ馬より落ち

大辻司郎象の芸当みて笑ふ

暗き日

暗き日の議事堂とわが白く立ち
議事堂へ風吹き煙草火がつかぬ
議事堂の絵のこの煙草高くなりぬ

冬

水平線あるのみ青い北風に
冬海へ体温計を振り又振り
ダグラス機冬天に消え微熱あり

顔つめたしにんにくの香の唾を吐き

黒き旗体温表に描きあそぶ

昭和十二年

空港

空港の青き冬日に人あゆむ

滑走路黄なり冬海につきあたり

操縦士犬と枯草馳けまろぶ

冬天を降《お》り来て鉄の椅子にあり

空港の硝子の部屋につめたき手
郵便車かへり空港さぶくなる

大森山王

ピアノ鳴りあなた聖なる冬木と日
雪よごれ独逸学園の旗吹かれ
枯原に北風つのり子等は去り
冬草に黒きステッキ挿し憩ふ
冬日地に燻り犬共疾走す

海浜ホテル

哭く女窓の寒潮縞をなし
園を打つ海の北風に鼻とがる
荒園のましろき犬に見つめらる
冬鷗黒き帽子の上に鳴く
冬の園女の指を血つたひたり
絶壁に寒き男女の顔ならぶ

留日学生王氏《ワン》

王氏の窓旗日の街がどんよりと
編隊機点心の茶に漣立て
王氏歌ふ招魂祭の花火鳴れば
鯉幟王氏の窓に泳ぎ連れ
厖大なる王氏の昼寝端午の日
五月の夜王氏の女友鼻低き

旦暮

祭典のよあけ雪嶺に眼を放つ

祭典のゆふべ烈風園を打つ

祭典の夜半にめざめて口渇く

誕生日

誕生日あかつきの雷顔の上に

誕生日街の鏡のわが眉目

誕生日美しき女見ずて暮れぬ

雷

昇降機しづかに雷の夜を昇る
屋上の高き女体に雷光る
雷とほく女ちかし硬き屋上に

黒

兵隊がゆくまつ黒い汽車に乗り
僧を乗せしづかに黒い艦が出る
黒雲を雷が裂く夜のをんな達

夏

巨き百合なり冷房の中心に

冷房の時計時計の時おなじ

冷房にて銀貨と換ふる青林檎

昭和十四年

天路

空港に憲兵あゆむ寒き別離

機の車輪冬海の天に廻り止む
光る富士機の脇腹にあたらしき
冬天に大阪芸人嘔くはかなし
枯原を追へる我機の影を愛す
寒き別離安全帯《ライフバンド》を固く締め
滑走輪冬山の天になほ廻る
機の窓に富士の古雪吹き煙る
紅き林檎高度千米の天に嚙む
寒潮に雪降らす雲の上を飛ぶ
冬天に彼と我が翼を揺る挨拶

冬青き天より降り影を得たり
わが来し天とほく凍れり煙草吸ふ

金銭

金銭の街の照り降り背に重し
金銭に怒れる汗を土に垂る
金銭の一片と裸婦ころがれる

数日

高原の向日葵の影われらの影

童子童女われらを笑ふ青き湖畔
湖畔亭にヘヤピンこぼれ雷匂ふ
仰ぐ顔暗し青栗毎にある
暗き湖のわれらに岸は星祭り
夜の湖あゝ白い手に燐寸の火
湖を去る家鴨の卵手に嘆き

雷と花

厭離早や秋の舗道に影を落す
顔丸き寡婦の曇天旗に満つ

雷と花帰りし兵にわが訊かず
腹へりぬ深夜の喇叭霧の奥に
月夜少女小公園の木の股に

戦争

作品1

機関銃熱キ蛇腹ヲ震ハスル
機関銃地ニ雷管ヲ食ヒ散ラス
機関銃低キ月盤コダマスル

＊

機関銃青空翔ケリ黒光ル

機関銃翔ケリ短キ兵ヲ射ツ

機関銃天ニ群ガリ相対ス

＊

機関銃一分間六百晴レ極ミ

機関銃眉間ニ赤キ花ガ咲ク

機関銃腹ニ糞便カタクナル

機関銃裂ケシ樹幹ニ肩アマル

機関銃弾道交叉シテ匂フ

＊

機関銃黄土ノ闇ヲ這ヒ迫ル
機関銃闇ノ黄砂ヲ噴キ散ラス
機関銃闇ノ弾道香ヲ放ツ
機関銃機関銃ヲ射チ闇黙ル

作品2

砲音に鳥獣魚介冷え曇る
血が冷ゆる夜の土から茸生え
丘にむらくく現る軍馬月歪み

作品3

—ニュース映画—

悉く地べたに膝を抱けり捕虜
ぼうぼうたる地べたの捕虜を数へゐる
捕虜共の飯食へる顔顔撮《と》られ
捕虜共の手足体操して撮られ
捕虜共に号令かける捕虜撮られ

作品4

機関銃蘇州河ヲ切リ刻ム
弾道下裸体工兵立チ櫓《コ》ゲル

一人ヅツ一人ヅツ敵前ノ橋タワム

作品5

逆襲ノ女兵士ヲ狙ヒ撃テ！
戦友ヲ葬リピストルヲ天ニ撃ツ

作品6

垂直降下《ヘルダイヴ》南京虫の街深く
垂直降下仰ぐ老年の鬚を垂れ
垂直降下哄笑天に尾を引けり

*

垂直降下一頭の馬街つらぬき

垂直降下青楼の午後花朱き
垂直降下地下に蠢き老婆ども

作品7

―敵軍―
パラシウト天地ノ機銃フト默ル
少年ノ単坐戦闘機血ヲ垂ラス
少年兵抱キ去ラレ機銃機ニ残ル

作品8

泥濘に少年倒れんくとせしが
泥濘の死馬泥濘と噴きあがる

泥濘となり泥濘に撃ち進む
泥濘に生ける機銃を抱き撃つ
戦友よ泥濘の顔泣き笑ふ

作品9

塹壕に尊き認識票光る
塹壕の壁を上り靴跡なり
塹壕を這ふ昆虫を手にのせる
風匂ひ深き塹壕を吹き曲る

作品10

塹壕に蠍の雌雄追ひ追はる

機銃音蠍の腹をなみうたしめ
機銃音蠍の雌雄重なれり

作品11

禿山の砲口並びせり上る
禿山に弾道学と花黄なり
禿山に飢ゑ砲弾を愛撫する

作品12

青き湖畔捕虜凸凹と地に眠る
捕虜の国の星座美し捕虜眠る
老少の捕虜そむき眠る青き湖畔

作品13

―敗敵―

絶叫する高度一万の若い戦死

黄土層天が一滴の血を垂らす

兵を乗せ黄土の起伏死面なす

黄土の闇銃弾一箇行きて還る

一人の盲兵を行かしむる黄土

作品14

闇を馳け騎兵集団の馬の眼玉

風の闇馬の双眼にある銃火

銃火去り盲馬地平に吹かれ佇つ

作品15

占領地区の牡蠣を将軍に奉る

兵隊に花が匂へば遠き顔

占領地区の丘の起伏に眼を細め

空　港（『現代俳句』）

自序

新興俳句の旗の下に、私は現代の俳句を作ることを念願してきた。現代といつても、昨日に向く感情もあるし、明日に展く感情もある。私は後者を志向してゐる。

私は俳句の血統をその形式に伝承してゐる。季語は内容する詩を高める場合にのみ登場する。

この選集に採録した私の作品は、「空港」と「戦争」の二部に分れてゐる。共に既刊『旗』から抜き、新作を加へた。「戦争」篇は眼を通じて成つたものではなく、直接頭に展開したものである。

北海

海鳴りの晦きにおびえ氷下魚釣る

氷下魚釣る夜明けの海霧《ガス》は月孕み

杳軋り現《あ》れしアイヌと氷下魚釣る

氷下魚釣るあなた馬橇の影ゆくに

離りゆく霧笛に堪へて氷下魚釣る

アヴェ・マリヤ

聖燭祭工人ヨセフわが愛す

振香炉振りつつ童子悴める

聖燭祭尊き使徒等壁に古り

燭寒し屍にすがる聖母の図

燭ゆらぐ肋ぞ寒き神の子に

聖燭祭妊まぬ夫人をとめさび

咳《しはぶ》きて神父女人のごと優し

聖燭祭婚らぬ教師老いにける

街

北《き》風《た》はしり軽金属の街を研ぐ

氷霰のかなた気球の沈み浮く
凍海の盲魚のすがた空に描く
灯がともる廈《いへ》の表情昏れ寒く
骨の掌《て》に街路樹硬き月さゝぐ

鼠

みぞる夜の孤りの鼠木を齧じる
みぞる夜の鏡の底に風吹くか
みぞる夜は雌を抱いて寝る鼠

生い立ち

白き馬いゆけばうたふ青の朝
巨きもの沼に潜めり青の夜の
青の朝梢たかきに母を呼ぶ
青の夜の銀笛の口酸つぱけれ
青の朝まばゆき虫と地に遊ぶ

祈禱

主よ人等あさの電車にまどろめり

主よ我もひるげ哀しきぱん食めり
主よ人等ゆふべ互みにの丶しれり
主よ我もよふけを家にかへらざり

あきかぜ

あきかぜの草よりひくく白き塔
貝殻のみちなり黒き寡婦にあふ
ほそき靴貝殻を踏む音とあゆむ
風とゆく白犬寡婦をはなれざり
砂白く寡婦のぱらそる小さけれ

雪

水枕ガバリと寒い海がある
小脳をひやし小さき魚を見る
不眠症魚は遠い海にゐる
雪の夜は手を見てあかぬ長き病

病気と軍艦

長病みの足の方向海さぶき
吹雪昏れ白き実弾射撃昏れ

水兵と砲弾の夜を熱たかし
砲音をかぞふ氷片舌に溶き
アダリンが白き軍艦を白うせり

恢復期

松林の卓おむれつとわがひとり
黒馬に映るけしきの海が鳴る
園丁の望遠鏡の帆前船
微熱ありきのふの猫と沖をみる
肺おもたしばうばうとしてただに海

八章

右の眼に大河左の眼に騎兵
白馬を少女瀆れて下りにけむ
汽車と女ゆきて月蝕はじまりぬ
爪半月なき手を小公園に垂れ
手品師の指いきいきと地下の街
女学院燈ともり古き鴉達
猶太教寺院《シナゴーグ》の夕さり閑雅なる微熱
ランチタイム禁苑の鶴天に浮き

花蝶

肩とがり月夜の蝶と花園に
花園の夜空に黒き鳥翔ける
花園にアダリンの息吐ける朝
喪章買ふ松の花散るひるさがり
松の花葬場の屋根濡れそぼち
松の花柩車の金の暮れのこる
黒蝶のめぐる銅像夕せまり
銅像の裏には青き童《こ》がゐたり

銅像は地平に赤き雷をみる

六章

熱ひそかなり空中に蠅つるむ
熱さらず遠き花火は遠く咲け
算術の少年しのび泣けり夏
緑蔭に三人の老婆わらへりき
ハルポマルクス神の糞より生れたり
夏暁の子供よ土に馬を描き

鳳作の死

友はけさ死せり野良犬草を噛む
笑はざりしひと日の終り葡萄食ふ
葡萄あましづかに友の死をいかる

栗

別れきて栗焼く顔をほてらする
別れきて別れもたのし栗を食ふ
栗の皮プチくつぶす別れ来ぬ

サアカス

道化出でただにあゆめり子が笑ふ
道化師や大いに笑ふ馬より落ち
大辻司郎象の芸当みて笑ふ

冬

水平線あるのみ青い北風に
冬海へ体温計を振り又振り
ダグラス機冬天に消え微熱あり

顔つめたしにんにくの香の唾を吐き
黒き旗体温表に描きあそぶ

空港

空港の青き冬日に人あゆむ
操縦士犬と枯草馳けまろぶ
冬天を降り来て鉄の椅子にあり
空港の硝子の部屋につめたき手
郵便車かへり空港さぶくなる

大森山王

ピアノ鳴りあなた聖なる冬木と日
雪よごれ独逸学園の旗吹かれ
枯原に北風つのり子等去りぬ
冬草に黒きステッキ挿し憩ふ
冬日地に燻り犬共疾走す

海浜ホテル

哭く女窓の寒潮縞をなし

園を打つ海の北風に鼻とがる
荒園のましろき犬に見つめらる
冬鷗黒き帽子の上に鳴く
冬の園女の指を血つたひたり
絶壁に寒き男女の顔ならぶ

留日学生王氏《ワン》

王氏の窓旗日の街がどんよりと
編隊機点心の茶に漣立て
王氏歌ふ招魂祭の花火鳴れば

鯉幟王氏の窓に泳ぎ連れ
厖大なる王氏の昼寝端午の日

旦暮

祭典のよあけ雪嶺に眼を放つ
祭典のゆふべ烈風園を打つ
祭典の夜半にめざめて口渇く

誕生日

誕生日あかつきの雷顔の上に

誕生日街の鏡のわが眉目

誕生日美しき女見ずて暮れぬ

雷

昇降機しづかに雷の夜を昇る

屋上の高き女体に雷光る

雷とほく女ちかし硬き屋上に

夏

巨き百合なり冷房の中心に

冷房の時計時計の時おなじ
冷房にて銀貨と換ふる青林檎

天路

空港に憲兵あゆむ寒き別離
寒き別離安全帯《ライフバンド》を固く締め
機の車輪冬海の天に廻り止む
機の窓に富士の古雪吹き煙る
紅き林檎高度千米の天に嚙む
冬天に大阪芸人嘔くはかなし

枯原を追へる我機の影を愛す
冬天に彼と我が翼を揺る挨拶
冬青き天より降る影の上に
わが来し天とほく凍れり煙草吸ふ

数日

高原の向日葵の影われらの影
童子童女われらを笑ふ青き湖畔
湖畔亭にヘヤピンこぼれ雷匂ふ
仰ぐ顔くらし青栗宙にある

暗き湖のわれらに岸は星祭
夜の湖あゝ白い手に燐寸の火
湖を去る家鴨の卵手に嘆き

金銭

金銭の街の照り降り背に重し
金銭に怒れる汗を土に垂る
金銭の一片と裸婦ころがれる

雷と花

厭離早や秋の舗道に影を落す
顔丸き寡婦の曇天旗に満つ
雷と花帰りし兵にわが訊かず
腹へりぬ深夜の喇叭霧の奥に
月夜少女小公園の木の股に

鞭

戦争の黄葉街に男女みな
長さ一丈の鞭鳴らし秋この男
すし赤し長短の人兵となり出づ

地下鏡廊われひとゝ冬の貌ゆがむ
恋の夜の一箇のカップ透き通る

寒虹

呆と人待つ硝子の外の寒き虹
道寒し兵隊送るほとんど老婆
北風に群集が叫ぶ口赤し
ともすれば寒夜わが口唾を吐く
日曜日寒き虹見しと呟き寝る

独楽

きちがひの少女なり独楽廻り澄む
冬薔薇きちがひの貌に向きひらく
冬の鏡にきちがひ少女のかくすところ
寒き窓きちがひ少女うしなはず

鴉よ

鴉よ荒園の風ふたりにも吹く
女哭く冬の太陽を足元に

冬園に哭けり十箇の爪光る

枯園に一滴涙の光り落つ

牡蠣

空港なりライタア処女の手にともる

恋ふ寒し身は雪嶺の天に浮き

計算の零《ゼロ》るいるいと牡蠣の前

牡蠣に酢を喇叭隊来て過ぎ行けば

牡蠣啜り終り紙幣を数へゐる

鯉

地下室の鯉黒し見つゝ憂き男女
女の前に涙し冬の胡瓜嚙む
処女の背に雪降り硝子夜となる
手を別つ寒き並木は根の如し
寒夜明るし別れて少女馳け出だす

神戸の獅子

滝の前処女青蜜柑吸ひ吸へといふ

滝青し合ひ離れ合ふ眼に落つる
神戸の獅子吠えたり別れ寝るホテル
神戸の獅子吠えて愛しき周期来る
訓練空襲しかし月夜の指を愛す

馬

寒い眼に馬が立ち上り立ち上る
馬黒く白く北風かぎりなし
冬景をまつすぐに女風と来る
人と並び落暉北風身にひびく

別離の顔冬の落暉に向き背く

夜間飛行

春のホテル夜間飛行に唇《くち》離る

空港に兄と花束夜明けくる

少女指せば昼月ありぬ春の終

中学生屋根に哄笑し春終る

初夏太陽点々道の鋲にある

戦争

作品1

機関銃熱キ蛇腹ヲ震ハスル
機関銃地ニ雷管ヲ食ヒ散ラス
機関銃低キ月盤コダマスル

*

機関銃青空翔ケリ黒光ル
機関銃翔ケリ短キ兵ヲ射ツ
機関銃天ニ群ガリ相対ス

*

機関銃一分間六百晴レ極ミ
機関銃眉間ニ赤キ花ガ咲ク
機関銃腹ニ糞便カタクナル
機関銃裂ケシ樹幹ニ肩アマル
機関銃弾道交叉シテ匂フ
機関銃黄土ノ闇ヲ這ヒ迫ル
機関銃闇ノ黄砂ヲ噴キ散ラス
機関銃闇ノ弾道香ヲ放ツ
機関銃機関銃ヲ射チ闇黙ル

作品2

砲音に鳥獣魚介冷え曇る
血が冷ゆる夜の土から茸生え
丘にむらゝ現る軍馬月歪み

作品3

青キ胎児硝煙古ク地ニ積ル
胎児蹴ル弾道街ノ空通ル
聴ク胎児戦車ガアガアト闇ノ闇
胎児痩セ荒野ニ鉄ノ花盛ル
胎児老ケ無人地帯ハ犬ノ夜

作品4

ニュース映画

悉く地べたに膝を抱けり捕虜
ぼうぼうたる地べたの捕虜を数へとる
捕虜共の飯食へる顔顔撮られ
捕虜共の手足体操して撮られ
捕虜共に号令かける捕虜撮られ

作品5

機関銃蘇州河ヲ切リ刻ム
弾道下裸体工兵立チ櫓《コ》ゲル

一人ヅツ一人ヅツ敵前ノ橋タワム
逆襲ノ女兵士ヲ狙ヒ撃テ！
戦友ヲ葬リピストルヲ天ニ撃ツ

作品6

垂直降下《ヘルダイヴ》南京虫の街深く
垂直降下仰ぐ老年の鬚を垂れ
垂直降下一頭の馬街つらぬき
垂直降下青楼の午後花朱き
垂直降下地下に蠢き老婆ども

作品7

敵軍

パラシウト天地ノ機銃フト黙ル

少年ノ単座戦闘機血ヲ垂ラス

少年兵抱キ去ラレ機銃機ニ残ル

作品8

泥濘に少尉倒れん〳〵とせしが

泥濘の死馬泥濘と噴きあがる

泥濘となり泥濘に撃ち進む

泥濘に生ける機銃を抱き撃つ

戦友よ泥濘の顔泣き笑ふ

作品9

塹壕に尊き認識票光る

塹壕の壁を上りし靴跡なり

塹壕を這ふ昆虫を手にのせる

風匂ひ深き塹壕を吹き曲る

作品10

禿山の砲口並びせり上る

禿山に弾道学と花黄なり

禿山に飢ゑ砲弾を愛撫する

作品11

青き湖畔捕虜凸凹と地に眠る
捕虜の国の星座美し捕虜眠る
老少の捕虜そむき寝る青き湖畔

作品12

敗敵

絶叫する高度一万の若い戦死
黄土層天が一滴の血を垂らす
兵を乗せ黄土の起伏死面なす
黄土の闇銃弾一箇行きて還る
一人の盲兵を行かしむる黄土

夜の桃

自序

この句集の内容は次の通りである。
Ⅰ　戦前の二句集、三省堂刊『旗』河出書房刊『現代俳句』第三巻から選出した五十句。
Ⅱ　戦後の昭和二十年冬から、同二十二年秋までに発表したものから選出した二百五十句。
Ⅱの作品からは、今日の私から見て、既に削除したいものもあるが、句集は自分の歴史だから、一応残存させることにした。

昭和二十三年夏

夜の桃

I

水枕ガバリと寒い海がある
長病みの足の方向海さぶき
右の眼に大河左の眼に騎兵
白馬を少女瀆れて下りにけむ
汽車と女ゆきて月蝕はじまりぬ
手品師の指いきいきと地下の街

ランチタイム禁苑の鶴天に浮き
熱ひそかなり空中に蠅つるむ
熱さらず遠き花火は遠く咲け
算術の少年しのび泣けり夏
緑蔭に三人の老婆わらへりき
夏暁の子供よ地に馬を描き
冷房の時計時計の時おなじ
葡萄あまししづかに友の死をいかる
別れ来て栗焼く顔をほてらする
道化出でただにあゆめり子が笑ふ

道化師や大いに笑ふ馬より落ち
大辻司郎象の芸当みて笑ふ
空港の青き冬日に人あゆむ
操縦士犬と枯草馳けまろぶ
冬天を降り来て鉄の椅子に在り
空港の硝子の部屋につめたき手
郵便車かへり空港さむくなる
ピアノ鳴りあなた聖なる冬木と日
枯原に北風つのり子等去りぬ
冬草に黒きステッキ挿し憩ふ

冬日地に燻り犬共疾走す
哭く女窓の寒潮縞をなし
園を打つ海の北風に鼻とがる
荒園のましろき犬にみつめらる
冬鷗黒き帽子の上に鳴く
冬の園女の指を血つたひたり
絶壁に寒き男女の顔ならぶ
誕生日あかつきの雷顔の上に
昇降機しづかに雷の夜を昇る
機の車輪冬海の天に廻り止む

紅き林檎高度千米の天に嚙む
冬天に大阪芸人嘔くはかなし
枯原を追へるわが機の影を愛す
わが来し天とほく凍れり煙草吸ふ
高原の向日葵の影われらの影
童子童女われらを笑ふ青き湖畔
湖畔亭へヤピンこぼれ雷匂ふ
仰ぐ顔くらし青栗宙にある
暗き湖のわれらに岸は星祭
夜の湖ああ白い手に燐寸の火

湖を去る家鴨の卵手に歎き

空港なりライタア処女の手にともる

恋ふ寒し身は雪嶺の天に浮き

寒夜明るし別れて少女馳け出だす

II

国飢ゑたりわれも立ち見る冬の虹

寒燈の一つ一つよ国敗れ

雪の町魚の大小血を垂るる

昭和二十一年元旦　一句

降る雪の薄ら明りに夜の旗

中年や独語おどろく冬の坂
美しき寒夜の影を別ちけり
春雷の下に氷塊来て並ぶ
曇日の毛虫が道を横ぎると
大仏殿いでて桜にあたたまる
志賀直哉あゆみし道の蝸牛
薔薇を剪り刺《とげ》をののしる誕生日
梅雨ちかき奈良を仏の中に寐る
卓上にけしは実となる夜の顔
かくし子の父や蚊の声来り去る

梅雨ふかしいづれ吾妹と呼び難く
梅雨の日のただよひありぬ油坂
塔中や額に青き雨落つる
青き奈良の仏に辿りつきにけり
梅の実の夜は月夜となりにけり
恋猫と語る女は憎むべし
人の影わらひ動けり梅雨の家
顔みつつ梅雨の鏡の中通る
おそるべき君等の乳房夏来《きた》る
茄子畑老いし従兄とうづくまり

汗し食ふパン有難し糞の如し
女の手に空蟬くだけゆきにけり
中年や遠くみのれる夜の桃
老年の口笛涼し青三日月
顔近く蟬とび立てり母恋し
穀象の群を天より見るごとく
穀象を九天高く手の上に
数百と数ふ穀象くらがりへ
穀象に大小ありてああ急ぐ
穀象の逃ぐる板の間むずがゆし

穀象の一匹だにもふりむかず
穀象と生れしものを見つつ愛す
昼三日月蜥蜴もんどり打つて無し
夏荒れし菜圃女を待つとなく
中年やよろめき出づる昼寐覚
浮浪児のみな遠き眼に夏の船
女立たせてゆまるや赤き旱星
朝の飢ラヂオの琴の絶えしより
飢ゑてみな親しや野分遠くより
夜の秋欠伸のあとのまた暗く

狂院をめぐりて暗き盆踊

秋天をゆきにし鳥の跡のこる

男・女良夜の水をとび越えし

焼跡に秋耕の顔みなおなじ

秋風や一本の焼けし橋の遠さ

秋の暮遠きところにピアノ弾く

秋の暮彼小さし我小さからむ

青柿の堅さ女の手にすわる

みな大き袋を負へり雁渡る

秋耕のおのれの影を掘起す

春日神社仲秋神事能　四句

老年や月下の森に面の舞
露暗き石の舞台に老の舞
舞の面われに向くとき秋の夜
能の面秋の真闇の方へ去る
雄鶏や落葉の下に何もなき
秋の巌稚き蜂を遊ばしむ
秋庭の闇見てあれば巌浮かぶ
稲雀五重の塔を出発す
蝸牛秋より冬へ這ひすすむ

枯蓮のうごく時きてみなうごく
露人ワシコフ叫びて石榴打ち落す
石榴の実露人の口に次ぎ次ぎ入る
耕すや小石つめたき火を発す
胡坐居て熟柿を啜る心の喪
柿むく手母のごとくに柿をむく
百舌の声豆腐にひびくそれを切る
竹伐り置く唐招提寺門前に
落穂拾ふ顔を地に伏せ手を垂れて
倒れたる案山子の顔の上に天

月光の霧に電《でん》燈《とう》光《こう》卑し

滝の水寒やくづをれくづをれて

冬滝を日のしりぞけば音変る

滝爪立ち寒きみなかみ覗くなり

機関車が身もだへ過ぐる寒き天

藁塚の茫々たりや伊賀に入る

冬菜畑伊賀の駅夫は鍬を振る

冬耕のどの黒牛もみな動く

冬浜に老婆ちぢまりゆきて消ゆ

沖へ向き口あけ泣く子冬の浜

冬浜に沖を見る子のいつか無し

海苔粗朶もて男を打てり遠景に

干甘藷《いも》に昨日《きそ》の日輪今日も出づ

冬の日は干甘藷のためあるごとし

干甘藷に戻り沖辺に日あたれり

干甘藷を取入れ燈下二人読む

砂の庭干甘藷なくて月照らす

蜜柑山の雨や蜜柑が顔照らす

あからさまに蜜柑をちぎり且啖ふ

海峡の雨来て蜜柑しづく垂る

からかさを山の蜜柑がとんと打つ
樹の蜜柑愛撫す二重《ふたへ》顎のごと
まくなぎに幹の赤光うすれゆく
まくなぎの阿鼻叫喚を吹きさらふ
まくなぎを無しと見て直ぐ有りと見る
まくなぎの中に夕星ひかり出づ
まくなぎの憂鬱をもて今日終る
木枯や馬の大きな眼に涙
木枯やがくりがくりと馬しざる
木枯は高ゆき瓦礫地に光る

焼けし樹に叫び木枯しがみつく
寒月に瓦礫の中の青菜照る
寒月光電柱伝ひ地に流る
寐んとしてなほ寒月を離れ得ず
卵一つポケットの手にクリスマス
甘藷《いも》蒸して大いに啖ふクリスマス
黒人の掌《て》の桃色にクリスマス
寒卵累々たりや黒き市民
凍天へ脚ふみ上げて裸の鶏
玻璃窓を鳥ゆがみゆく年の暮

年去れと鍵盤強く強く打つ
元日を白く寒しと昼寐たり
寒雀人の夜明けの軽からぬ
大寒の猫蹴つて出づ書を売りに
枯れ果てし馬糞を踏んで書を売りに
大寒の街に無数の拳ゆく
猫が人の声して走る寒の闇
火事赤し一つの強き星の下
赤き火事哄笑せしが今日黒し
馬がみな寒の没日に向き進む

寒の家爪とぐ猫に声を発す

大寒の松を父とし歩み寄る

大寒や転びて諸手《もろて》つく悲しさ

われら滅びつつあり雪は天に満つ

限りなく降る雪何をもたらすや

地に消ゆるまで一片の雪を見る

雪の上に雪降ることのやはらかく

天の雪地に移りたり星光る

左右の窓凍天二枚ありて病む

死にし人とこの寒潮を見下《おろ》しき

大寒のトンネル老の眼をつむる
雑炊や猫に孤独といふものなし
露人の歌みぞれは雪に変りつつ
夜の沼に雪乱れ降るかぎりなし
寒鮒を殺すも食ふも独りかな
秒針の強さよ凍る沼の岸
青沼に樹の影一本づつ凍る
凍る沼にわれも映れるかと覗く
凍る沼去るべき時を過ぎつつあり
凍る道凍れる沼を離れざり

沖遠しかがみて寒き貝を掘る
餓鬼となりしか大寒の松隆し
紅梅を去るや不幸に真向ひて
竹林を童子と覗く春夕べ
寒明けの樹々の合掌声もなし
動かぬ蝶前後左右に墓ありて
わが天に蝶昇りつめ消え去りし
花冷えの朝や岩塩すりつぶす
桜くもり鏡に写す孤独の舌
春菜を買ふべく鍵を鎖し出づ

春の馬よぎれば焦土また展く
春の夜の暗黒列車子がまたたく
断層の夜明けを蝶が這ひのぼる
春山の路の牛糞友のごとし
うぐひすや子に青年期ひらけつつ
子を思ひはじむ山中の春の沼
春草に伏し枯草をつけて立つ
黒蝶は何の天使ぞ誕生日
女遠しぐんぐん伸びる松の芯
蕗を煮る男に鴉三声鳴く

ひげを剃り百足虫を殺し外出す
夜が来る数かぎりなき葱坊主
五月闇汝帰りしには非ず
青梅が闇にびつしり泣く嬰児
少女二人五月の濡れし森に入る
月光の岩なり毛虫めざめ居り
男立ち女かがめる蟻地獄
しやべる老婆青野を電車疾走す
梅雨の馬いななく脳病院の裏
緑蔭より日向へ孤児の眼が二点

蟻地獄暮れてしまへり立ち上る
地下を出て皆烈風の孤児となる
一列の崖の孤児から飛び出る尿
めつむりし孤児に烈風砂を打つ
烈風の孤児がナイフで壁に彫る
行列の頭は深く廈《いへ》に入る
行列の何か嚙みては嚥み下す
行列の嬰児拳を立てて泣く
行列のみつむる土を風通る
行列に顔なし息をしつつ待つ

蛍過ぎ海まつくらに荒れつのる

海道の夜明けを蟹が高走る

夏黒き船の何処かで爆笑す

炎天に鉄船叩くことを止めず

我と蚊帳吊るは海より来し青年

眼中の蓮も揺れつつ夜帰る

亡びし樹にぞろぞろと羽蟻ぞろぞろと

混血の児が樹を抱けば蟬とび立つ

星赤し翅うち交む油虫

あひびきの少女とび出せり月夜の蟬

蚊帳の蚊を屠る女の拍手音
びびびびと死にゆく大蛾ジャズ起る
天暑し孔雀が啼いてオペラめく
地からすぐ立てる夏の樹抱きつく少女
逃げても軍鶏に西日がべたべたと
大旱の赤牛となり声となる
旱天の鴉胸より飛び出しか
炎天の映る鏡に帰り来ず
何故か帰る雷が時々照らす道
青蚊帳の男や寝ても躍る形《かたち》

爺婆の裸の胸にこぼれるパン
夏の闇火夫は火の色貨車通る
影のみがわが物炎天八方に
甲虫《かぶと》縛され忘れられてあり
緑蔭に刈落されし髪のこる
稲妻に胸照らさるる時若し
旱星われを罵るすなはち妻
炎天を遠く遠く来て豚の前
炎天の少女の墓石手に熱く
墓の前強き蟻ゐて奔走す

墓の地に一滴の汗すぐ乾く
墓原に汗して老ひし獣めく
炎天に火を焚く墓と墓の間
墓に告ぐ汗していよよ潰れむと
九十九里浜に白靴提げて立つ
熱砂来て沖も左右も限りなし
一荷づつ九十九里浜の汐を汲む
百姓の影大旱の田に倒る
牛の眼に大旱の土平らなり
旱天やうつうつ通る青鴉

青柿の下に悲しき事をいふ
月夜の蛾墓原を抜け来し我に
月夜の蛾男、女の中通る
炎天の人なき焚火ふりかへる
青柿の夜の土から猫が去る
青柿は落つる外なし燈火なし
しゆんぎくを播き水を飲みセロを弾く
灯を消せば我が体のみの秋の闇
秋浜に稚児の泣声なほ残る
農婦来て秋のちまたに足強し

秋天にボールとどまる少女の上
稲妻に道真向へば喜ぶ足
法師蟬遠ざかり行くわれも行く
ぼんやりと出で行く石榴割れし下
身を屈する礼いくたびも十五夜に
十五夜に手足ただしく眠らんと
夕焼へ群集だまり走り出す
百舌に顔切られて今日が始まるか
秋雨にうつむきし馬しづくする
青年の大靴木の実地にめり込む

秋の森出で来て何かうしなへり
叫ぶ心百舌は梢に人は地に
こほろぎの溺れて行きし後知らず
蟷螂のひきずる影を見まじとす

今日

昭和二十三年

陳氏来て家去れといふクリスマス

クリスマス馬小屋ありて馬が住む

クリスマス藷一片を夜食とす

除夜眠れぬ仏人の猫露人の犬

猫が鶏殺すを除夜の月照らす

蠟《らふ》涙《るゐ》の冷えゆく除夜の闇に寝る

切らざりし二十の爪と除夜眠る

朝の琴唄路に鼠が破裂して

うづたかき馬糞湯気立つ朝の力
寒の夕焼雄鶏雌の上に乗る
老婆来て赤子を覗く寒の暮
木枯の真下に赤子眼を見張る
百舌鳥に顔切られて今日が始まるか
誰も見る焚火火柱直立つを
犬の蚤寒き砂丘に跳び出せり
北風に重たき雄牛一歩一歩
北風に牛《ぎゅう》角《かく》を低くして進む
静臥せり木枯に追ひすがりつつ

木枯過ぎ日暮れの赤き木となれり
燈火なき寒の夜顔を動かさず
寒の闇ほめく赤子泣く度に
朝若し馬の鼻息二本白し
寒の地に太き鶏鳴林立す
寒の昼雄鶏いどみ許すなし
電柱の上下寒し工夫登る
寒の夕焼架線工夫に翼なし
電工が独り罵る寒の空
寒星の辷るたちまち汝あり

数限りなき藁塚の一と化す
酔ひてぐらぐら枯野の道を父帰る
汽車全く雪原に入り人黙る
雪原を山まで誰かのしのし行け

波郷居

焼原の横飛ぶ雪の中に病む
マスク洩る愛の言葉の白き息
巨大なる蜂の巣割られ晦日午後
友搗きし異形の餅が腹中へ
女呉れし餅火の上に膨脹す

膝そろへ伸びる餅食ふ女の前
餅食へば山の七星明瞭に
餅を食ひ出で深雪に脚を挿す
暗闇に藁塚何を行ふや
春山を削りトロッコもて搬ぶ
雨の雲雀次ぎ次ぎわれを受渡す
祝福を雨の雲雀に返上す
雨の中雲雀ぶるぶる昇天す
梢には寒日輪根元伐られつつ
弁当を喫ひ居り寒木を伐り倒し

横たはる樹のそばにその枝を焚く
蓮池にて骨のごときを掴み出す
蓮池より入日の道へ這ひ上る
春の昼樹液したたり地を濡らす
麦の丘馬は輝き没入す
暗闇に海あり桜咲きつつあり
真昼の湯子の陰毛の光るかな
靴の足濡れて大学生と父
不和の父母胸板厚き子の前に
体内に機銃弾あり卒業す

野遊びの皆伏し彼等兵たりき

青年皆手をポケットに桜曇る

岩山に生れて岩の蝶黒し

岩山の蟻に運ばれ蝶うごく

粉黛を娯しむ蝌《くわ》蚪《と》の水の上

春に飽き真黒き蝌蚪に飽き〱す

天に鳴る春の烈風鶏よろめく

烈風の電柱に咲き春の星

冷血と思へおぼろ野犬吠ゆる

蝌蚪曇るまなこ見ひらき見ひらけど

蝌蚪の上キューン〳〵と戦闘機

一石を投じて蝌蚪をかへりみず

くらやみに蝌蚪の手足が生えつつあり

黒き蝶ひたすら昇る蝕の日へ

日蝕や鶏は内輪に足そろへ

日蝕下だましだまされ草の上に

塩田や働く事は俯向く事

塩田のかげろふ黒し蝶いそぐ

塩田の足跡夜もそのままに

塩田の黒砂光《て》らし音なき雷

蚊の細声牛の太声誕生日

誕生日正午蛇行の跡またぐ

麦熟れてあたたかき闇充満す

蟹が眼を立てて集る雷の下

梅雨の窓狂女跳び下りたるままに

梅雨の山立ち見る度に囚徒めく

ベコベコの三味線梅雨の月のぼる

ワルツ止み瓢簞光る黴の家

黴の家泥酔漢が泣き出だす

黴の家去るや濡れたる靴をはき

悪霊とありこがね虫すがらしめ
滅びつつピアノ鳴る家蟹赤し
蟹と居て宙に切れたる虹仰ぐ
雲立てり水に死にゐて蟹赤し
深夜の歯白し青梅落ちつづく
かくさざる農夫が沖へ沖へあるく
海を出で鍬をかつぎて農夫去る
狂女死ぬを待たれ南瓜の花盛り
晩婚の友や氷菓をしたたらし
ごんごんと梅雨のトンネル闇屋の唄

枝豆の真白き塩に愁眉ひらく

枝豆やモーゼの戒に拘泥し

月の出の生々しさや湧き立つ蝗

こほろぎが女あるじの黒き侍童

仮寓

甘《い》藷《も》を掘る一家の端にわれも掘る

炎天やけがれてよりの影が濃し

青年に長く短く星飛ぶ空

炎天の墓原独り子が通る

モナリザに仮死いつまでもこがね虫

秋雨の水の底なり蟹あゆむ

悼石橋辰之助　二句

友の死の東の方へ歩き出す
涙出づ眼鏡のままに死にしかと
紅茸を怖れてわれを怖れずや
紅茸を打ちしステッキ街に振る
踏切に秋の氷塊ひびきて待つ
天井に大蛾張りつき仮の家
耕せり大秋天を鏡とし
父と子の形同じく秋耕す

老農の鎌に切られて曼珠沙華
稲孕みつつあり夜間飛行の灯
赤蜻蛉分けて農夫の胸進む
豊年や松を輪切にして戻る
豊年や牛のごときは後《あと》肢《あし》跳ね

昭和二十四年

照る沖へ馬にまたがり枯野進む
人が焚く火の色や野の隅々に
枯原を奔るや天使図脇ばさみ

そのあたり明るく君が枯野来る
西赤し支離滅裂の枯蓮に
蜜柑地に落ちて腐りて友の恋
赤き肉煮て食ふ蜜柑山の上
姉の墓枯野明りに抱き起す
三輪車のみ枯原に日は雲に
寒林が開きよごれし犬を入る
柩車ならず枯野を行くはわが移転
枯野行く貧しき移転にも日洩れ
火の玉の日が落つ凍る田を残し

枯野の木人の歯を抜くわが能事
かじかみて貧しき人の義歯作る
氷の月公病院の畑照らす
モナリザ常に硝子の中や冬つづく
掘り出され裸の根株雪が降る
煙突の煙あたらし乱舞の雪
過去そのまま氷柱直下に突刺さる
供華もなし故郷の霰額打つ
雪山に雪降り友の妻も老ゆ
垂れ髪に雪をちりばめ卒業す

崖下のかじかむ家に釘を打つ
枝鳴らす枯木の家に倒れ寝る
いつまで冬母子病棟の硝子鳴り
屋上に草も木もなし病者と蝶
日曜日わが来て惚る大樹の根
遠く来てハンカチ大の芝火つくる
跳ねくだる坂の林檎や日向のめざし
電柱が今建ち春の雲集ふ
春泥に影濡れ〳〵て深夜の木
仰ぎ飲むラムネが天露さくら散る

一斉に土掘る虹が消えてより
頭悪き日やげんげ田に牛暴れ
メーデーの明るき河に何か落つ
新樹に鴉手術室より血が流れ
首太くなりし夜明の栗の花
犬も唸る新樹みなぎる闇の夜は
ほくろ美し青大将はためらはず
女医の恋梅雨の太陽見えず落つ
塔に眼を定めて黒き焼野ゆく
胸いづる口笛牛の流し目に

やはらかき紅毛の子に蛇くねる
わが家より旅へ雑草の花つづく
黄麦や悪夢背骨にとどこほり
喬木にやはらかき藤梟けられし
手を碗に孤児が水飲む新樹の下
身に貯へん全山の蟬の声
西日中肩で押す貨車動き出す
濁流や重き手を上げ藪蚊打つ
鉄棒に逆立つ裸雲走り
夕焼けの牛の全身息はづむ

爪立ちに雄鶏叫ぶひでり雲
大旱の田に百姓の青不動
炎天の坂や怒を力とし
緑蔭にゲートル巻きし大き昼寝
小児科の窓の蜂の巣蜂赤し
生創に蠅を集めて馬帰る
翼あるものの先んじて誘蛾燈
きりぎりす夜中の崖のさむけ立つ
わが家の蠅野に出でゆけり朝のパン
颱風の最後の夜雲蛙の唄

横すべる浮塵子《うんか》を前に死を前に
松の花粉吸ひて先生胡桃《くるみ》割る
鉄塊の疲れを白き蚊帳つつむ
耶蘇ならず青田の海を踏み来るは
颱風の崖分けのぼる犬の体
山削る裸の唄に雷加はる
唄一節晩夏の蠅を家族とし
青葡萄つまむわが指と死者の指
眠おそろし急調の虫の唄
海坂に日照るやここに孤絶の茸

仕事重し高木々々と百舌鳥移り

雲厚し自信を持ちて案山子立つ

汗のシャツ夜も重たく体軽し

抱き寝る外の土中に芋太る

饅頭を夜霧が濡らす孤児の通夜

初蝶や波郷に代り死にもせで

坂上の芋屋を過ぎて脱落す

大枯野壁なす前に歯をうがつ

女医の手に抜かれし臓腑湯気を立つ

死後も貧し人なき通夜の柿とがる

孤児孤老手を打ち遊ぶ柿の種

昭和二十五年

冬の山虹に踏まれて彫深し
種痘かゆし枯木に赤きもの干され
電柱も枯木の仲間低日射す
滅びざる土やぎらりと柿の種

波郷へ

焼酎のつめたき酔や枯れゆく松
大いなる枯木を背に父吃る

寒き田へ馳くる地響牛と農夫

男の祈り夜明けの百舌鳥が錐をもむ

真夜中の枯野つらぬく貨車一本

冬かぶさる家に目覚時計《めざまし》狂ひ鳴る

屋上に双手はばたき医師寒し

鯨食つて始まる孤児と医師の野球

飴赤しコンクリートの女医私室

書を読まず搗き立ての餅家にあれば

冬雲と電柱の他なきも罰

夜の雲ひとの愛人くちすすぐ

年新し狂院鉄の門ひらき

霜柱立つ音明日のため眠る

教師俳人かじかみライスカレーの膜

穴掘りの脳天が見え雪ちらつく

寒明けの街や雄牛が声押し出す

餅搗きし父の鼾声家に満つ

麦の芽が光る厚雲割れて直ぐ

雄鶏に寒の石ころ寒の土くれ

北陸 一〇句

わが汽笛一寒燈を呼びて過ぐ

みどり児も北ゆく冬の夜汽車にて
北国の地表のたうつ樹々の根よ
冬青きからたちの雨学生濡れ
日本海の青風桐の実を鳴らす
黙々北の農婦よ鱈の頭買ふ
目守る雪嶺遊ぶ噴水母子のごと
雪嶺やマラソン選手一人走る
冷灰の果雪嶺に雪降れり
雪国や女を買はず菓子買はず
いつまでも笑ふ枯野の遠くにて

寒の狂院両眼黒く窓々に

人を焼く薪どさ〱地に落す

修徳学院　六句

みかへりの塔涸川の底乾《ひ》反《ぞ》り

院児の糧大根土を躍り出《で》し

菊咲かせどの孤児も云ふコンニチハ

少年院の北風芋の山乾く

寒い教室盗児自画像黒一色

孤児の園枯れたり汽車と顔過ぐる

春暁へ貧しき時計時きざむ

坂上に現じて春の馬高し
病者起ち冬が汚せる硝子拭く
病者の手窓より出でて春日受く
わらわらと日暮れの病者桜満つ
病廊にわれを呼び止め妊み猫
病廊を蜜柑馳けくる孤児馳けくる
ボート同じ男女同じ春の河濁り
法隆寺出て苜蓿に苦の鼾
狂院の向日葵《ひまはり》の種握りしめ
崖下に向日葵播きて何つぶやく

五月の地面犬はいよいよ犬臭く
コンクリート割れ目の草や雷の下
雷の雲生まれし卵直ぐ呑まれ
種痘のメス看護婦を刺し医師を刺す
診療着干せば嘲る麦の風
うつくしき眼と会ふ次の雷待つ間
黄麦や渦巻く胸毛授けられ
梅雨の卵なまあたたかし手醜し
崖下へ帰る夕焼頭《づ》より脱ぎ
荒縄や梅雨の雄山羊の声切に

飛行音かぶさり夜の蝿狂ふ
肺強き夜の蛙の歌充ち満つ
向日葵を降り来て蟻の黒さ増す
星中に向日葵が炎ゆ老い難し
日本の神信ぜず南瓜交配す
梅雨荒れの地に石多し種を播く
梅雨の坂人なきときは水流る
飴をなめまなこ見ひらく梅雨の家
音立てて蝿打つ虹を壁の外に
梅雨晴れたり蜂身をもつて硝子打つ

朝すでに砂にのたうつ蚯蚓《みみず》またぐ

汗すべる黒衣聖母の歯うがてば

炎天の犬捕り低く唄ひ出す

昼寝の国蠅取りリボンぶら下り

夜となる大暑や豚肉《ぶた》も食はざりし

がつくりと祈る向日葵星曇る

唄きれぎれ裸の雲を雷照らす

敗戦日の水飲む犬よわれも飲む

歩く蟻飛ぶ蟻われは食事待つ

貧なる父玉葱嚙んで気を鎮む

無花果をむくや病者の相対し
秋来たれ病院出づる肥車
かゆき夏果てぬすつくと曼珠沙華
満月のかぼちやの花の悪霊達
落ちざりし青柿躍る颱風後
脱糞して屋根に働く颱風後
颱風が折りし向日葵伐り倒す
卵白し天を仰ぎて羽抜鶏
何処へ行かむ地べたの大蛾つまみ上げ
病孤児の輪がぐるぐると天高し

木犀一枝暗き病廊通るなり
秋の夜の漫才消えて拍手消ゆ
石の上に踊るかまきり風もなし
赤蜻蛉来て死の近き肩つかむ
聖姉妹《マメール》より抜き取りし歯の乾きたり
わが悪しき犬なり女医の股《もも》嚙めり

昭和二十六年七月まで

頭覚めよ崖にまざまざ冬木の根
歩くのみの冬蠅ナイフあれば甜め

煉炭の臭き火税の紙焦す
屋上を煤かけめぐる医師の冬
冬耕をめぐり幼な子跳ね光る
冬日見え鴉かたまり首伸ばす
硝子戸が鳴り出す林檎食はれ消え
父掘るや芋以上のものの現れず
声太き牛の訴へ寒青空
対岸の人と寒風もてつながる
寒の重さ戦の重さ肢曲げ寝る

静塔カトリック使徒となる　四句

脳天に霰を溜めて耶蘇名ルカ

洗礼経し頭を垂れて炭火吹く

ルカの箸わが箸鍋の肉一片

同根の白菜食らひ友は使徒

わが天使なりやおののく寒雀

鳶とわが相見うなづく寒の昼

遠く来し飛雪に額烙かれたり

寒中の金のたんぽぽ家人に見す

下界を吹くごとし火鉢を鷲摑み

恋猫の毛皮つめたし聖家族

寒入日背負ひて赤き崖削る

孤児の独楽立つ大寒の硬き地に

吹雪を行くこのため生れ来し如く

水飲みて激しき雪へ出で去れり

犬眠る深雪に骨をかくし来て

野を焼く火身の内側を焼き初む

たんぽぽ地に張りつき咲けり飛行音

血ぬれし手洗ふや朝の桜幽か

夜の桜満ちて暗くて犬嚙み合ふ

春が来て電柱の体鳴りこもる

空中に電工が咳く朝の桜

電工や雲雀の空に身を縛し

青芽赤芽を煙硝臭き雨つつむ

菜種星をんなの眠り底知れず

ボートの腹真赤に塗るは愉快ならむ

鉄路打つ工夫に菜種炎え上り

斑《はん》猫《めう》が光りゴム長靴乾く

九州　一三句

若き蛇跨ぎかへりみ旅はじまる

黒く黙り旅のここにも泥田の牛

ラムネ瓶太し九州の崖赤し

清光園療養所　一句

肺癒えよ松の芯見て花粉吸ひて

鉄あさる母子沖には黄砂の壁

沈みゆく炭田地帯雷わたる

風白き石灰台地蠅飛び立つ

炭坑の蠅大々と地に交む

真黒き汗帽燈の下塗りつぶす

塊炭をぶち割る女午後長し

神が火を放つ五月の硬山《ぼたやま》に
何か叫ぶ初夏硬山のてつぺんに
生きものの蜥蜴《とかげ》が光る硬山に
五月雨の泥《でい》炭《たん》池《いけ》に墜ちるなよ
若者の頭が走る麦熟れゆく
麦藁の若き火の音水立ち飲む
胸毛の渦ラムネの瓶に玉躍る
横向きの三日月ツツと花火揚がる
忙がしき蜘蛛や金星先づ懸る
田の上の濁流犬が骨嚙じる

梅雨はげし百足虫殺せし女と寝る
棒立ちの銀河ひげざらざら唄ふ

後記

この句集は戦前の『旗』戦後の『夜の桃』につづく私の第三句集である。

内容の作品は昭和二十三年一月から二十六年七月までの「天狼」に主として発表したもので、私はその間神戸市山本通、兵庫県別府、大阪府寝屋川市と転々と居を移した。その度に職を変じた。

既刊『夜の桃』の内容は、昭和十五年から二十年までの、強ひられた沈黙の後であつたので、甚だ饒舌であつた。それに対して俳壇は拍手したのであつた。この句集の内容は、その同じ作者が、前者の態度を改めようとしつつ成したもので、それに対して俳壇は「三鬼は疲れてゐる」と評した。私自身はこの評に服しない。

俳句作家にも What is life? と How to live? の二つの態度がある。所謂進歩的態度は後者である事勿論であるが、私は前者に徹したいと思つてゐる。私には「生き方」のお手本を俳句をもつて指示する勇気はない。前者に徹する事は後者に通じてゆくと思つてゐる。

二十年来の同行者平畑静塔氏に序文といふものを書いて貰つた。も一人の同行者三谷昭にも頼みたかつたが、忙しさうだから止めた。私が今日、俳句に熱情を持ち続けてゐるのは、良き、古き仲間があるからである。

変身

昭和二十六年十月——十二月

夏涸れの河へ機関車湯を垂らす
病院の奥へ氷塊引きずり込む
男の顔なり炎天の遠き窓
働くや根のみの虹を地の上に
蚊の声の糸引く声が鉄壁へ
低き細き噴水見つつ狂者守る

松山　七句

秋の航一尾の魚も現れず

月明の船中透る母呼ぶ声
萩真白海渡りきて子規拝む
ふるさとの草田男向うへ急ぐ秋
岩山に風ぶつかれり歯でむく栗
秋の雨直下はるかの海濡らす
夜光虫の水尾へ若者乙女の唄
飛行音に硝子よごるる北の風
青年は井戸で水飲む百舌鳥叫ぶ
枯野の日職場出できし顔にさす
枯野の縁に熱きうどんを吹き啜る

蜘蛛の糸の黄金消えし冬の暮

草枯るる真夜中何を呼ぶ犬ぞ

昭和二十七年

荒壁を押し塗る男枯野の日

握りめし食う枯枝に帽子掛け

枯野の中独楽宙とんで掌《て》に戻る

月光の枯野を前に嘔き尽す

壁透る男声合唱蔦死なず

寒夜明け赤い造花が又も在る

北国 七句

鉄道の大彎曲や横飛ぶ雪
吹雪く中北の呼ぶ声汽車走る
墓の雪つかみ啖いて若者よ
鏡餅暗きところに割れて坐す
夜の馬俯向き眠る雪の廓《くるわ》
北海の星につながり氷柱太る
変な岩を霰が打つて薄日さす
びしよぬれの雪塊浮べ黒き河
寒の中コンクリートの中医師走る

朝の氷が夕べの氷老太陽
女あたたか氷柱の雫くぐり出で
硬き土みつめて寒の牛あるく
寝るに手をこまねく霜の声の中
薄氷の裏を舐めては金魚沈む
寒明けぬ牲《にえ》の若者焼く煙
独りゆけば寒し春星あざむきし
病者等に雀みのらし四月の木
いつまで何を指さす病者春夕べ
爪とぐ猫幹ひえびえと桜咲く

雲黒し土くれつかみ鳴く雲雀

クローバに青年ならぬ寝型残す

青みどろ稚き娼婦の試歩ここまで

見えぬ雲雀光る精魂まきちらす

犬つるみ放れず昼三日月止る

鉢巻が日本の帽子麦熟れたり

燕の子眠し食いたし雷起る

若者の汗が肥料やキャベツ巻く

翼なき鋤牛頭を振り力出す

おたまじやくし乾からびし路先細る

見事なる蚤の跳躍わが家にあり
葱坊主はじけてつよし雲下がる
七面鳥ぶるんと怒るサイレン鳴る
地より口へ苺運び働きに出る
夏はじまる原色べたと病者の画
死にし人の金魚逆立つ夜の楽
栗の花呼び合い犬は犬呼ぶ夜
排泄が牛の休息泥田照る
田を植える大股びらき雲の下
植えて去る田に黒雲がべつたりと

南瓜の花破りて雷の逃ぐる音

梅雨明り黒く重たき鴉来る

蟻という字生きて群がるパンの屑

止らず唸る夜の蠅友として仰ぐ

蚊帳を出で脱兎のごとく出勤す

波うつ麦垣穂に病者伸びあがる

鉄板に息やわらかき青蛙

夜の蠅の大き眼玉にわれ一人

猫嫌いの不死男へ

関西逃れがたしや妊み猫とも寝る

やわらかき蟬生れきて岩つかむ
炎天の岩にまたがり待ちに待つ
鈍重な女の愛や蚊を連れて
暗く暑く大群集と花火待つ
群集のためよろよろと花火昇る
貧しき通夜アイスキャンデー嚙み舐めて
百合におう職場の汗は手もて拭く
蝙蝠仰ぐ善人の腕はばたきて
こがね虫闇より来り蚊帳つかむ
黒みつつ充実しつつ向日葵立つ

雷つつむ雲や金魚の水重し
見おろしの樗《おうち》を透きて裸童女

橋本多佳子邸

ぱくと蚊を呑む蝦蟇お嬢さんの留守

誓子海屋　二句

土用波地ひびき干飯少しばかり
女の笑い夕荒れ波の襞々に
入道雲あまたを友に職場の汗
崖下に極暑の息を唸り吐く
麦飯に拳に金の西日射す

荒き雲夜中も立てり嘔吐の声
青崖をむしり食う山羊縄短し
朝焼を外に後架の蟻さまよう
木の無花果食うや天雷遠き間に
電工の登り切ったる鰯雲
秋風の屋根に生き身の猫一匹
実ばかりの朝顔おのれ巻きさがる
旱り田の濛々たるに折れ沈む
土用波へ腹の底より牛の声
家中を浄む西日の隅にいる

夕雲をつかみ歩きて蜘蛛定まる
蚊帳出でて蚊の密集の声に入る
黒人にわれに富士山なき秋雨
東京に駄馬の蹄鉄音さわやか
旅毎日芙蓉が落ちし紅き音
雲いでし満月暗き沖のぞく
十五夜の舟にすつくと男立つ
菓子を食ぅ月照るいわし雲の下
職場へ行く枯向日葵を火となして
病室の床に光りて蟻働く

硝子の窓羽音たしかに露の鳥
恐るる人脅ゆる土に月あまねし
業火降るな今は月光地を平《なら》す
幼き蜂むらがり瓦舐め飽かず
柿転ぶコンクリートの中死ぬまで病む
秋雨のぬかるみ深し笑みつつ来る
姿なく深き水田の稲を刈る
稲扱機高鳴る方へ犬跳びゆく
蓮掘りが手もておのれの脚を抜く
豊隆の胸へ舞獅子口ひらく

冬の蜂病舎の硝子抜けがたし
女が伐る枯向日葵の茎の棒
朝日さす焚火を育て影を育て
河豚啖いて甲板《デッキ》と陸に立ち別る

昭和二十八年

電線がつなぐ電柱枯るる中
沖遠し青年が釣り河豚啼けり
皮のまま林檎食い欠く沖に船
孤児の癒え近しどんぐり踏みつぶし

犬の恋のせて夜明けの土寒し

蝮の子頭くだかれ尾で怒る

海峡に髪逆立てて釣るは河豚

雪山呼ぶO《オー》の形の口赤く

月光に黒髪炎ゆる霜の音

落葉降る動かぬ雲より鉄道へ

共に寒き狂者非狂者手をつなぐ

月光と霜の荒野を電報来し

赤子泣き凍天切に降りいでぬ

黒き人々河原焼く火に手をかざす

大寒の電柱一本ますぐ立つ

仁森啓之に

金属の脚が零下の地を進む

年新し頭がちの雀眼をつむる

餅ふくらむ荒野近づく声ありて

日雇の焚火ぼうぼう崖こがす

裸田を真直ぐに農夫風と来る

寒の水地より噴き出で血のごとし

空青しかじかむ拳胸を打つ

老兄を見舞う　五句

癌の兄声音しずかに受話器を来る
死病の兄真向う回転椅子回し
膝に菓子の粉こぼれ兄弟死が近し
昇降機に老いし兄弟顔近し
癌の兄と別れ直ぐ泣く群集裡
木枯も使徒の寝息もうらやまし
つらら太りほういほういと泣き男
ピアノ烈し氷の月は樹の股に
極寒の寝るほかなくて寝鎮まる
脱走せり林檎すかりと皿に置き

あとかたもなし雪白の田の昨日《きのう》
暗き春桃色くねるみみずの子
老人の小走り春の三日月へ
泥濘のつめたさ春の城ゆがむ
花冷えの城の石崖手で叩く
あかつきの鶯のあと雀たのし
春は君も鉄材叩き唄うかな
考えては走り出す蟻夜の卓
たんぽぽ茎短し天心に青き穴
春園のホースむくむく水通す

重き夜の中さくら咲き犬走る
硝子割れ病者に春の雲じかに
さくら冷え老工石を切る火花
ふるえ止まぬ車内の造花春の暮
五月の地表より光る釘拾い上ぐ
息せるや菜の花明り片頬に
病舎へ捧げゆく新しき金魚と水
恋過ぎし猫よとかげを食い太れ
葱の花黒き迅風に雲ちぎれ
黄麦の上に雲雀の唄死なず

光りつつ五月の坂を登りくる
濡れて貧しき土に鉄骨ある五月
みどり子の頰突く五月の波止場にて
頭暑し沖なき海の動かぬ船
畦塗るを鴉感心して眺む
青崖の生創洗い梅雨ひそか
燕の巣に雀住みつき暑苦し
蛙の唄湧き満ちて星なまぐさし
咆えてもみよ往きては復る泥田の牛
黒雲の上日あるなり燕とぶ

颱風無限眼とじ口あけ寝ておれば
びしよ濡れの梅雨川切つて蛇すすむ
鉄の手に紙箱痿《な》えて雨期永し
黄麦につつたち咽喉に水注ぐ
栗の花われを見抜きし犬ほゆる
平らなる大暑と青田農夫小さし
父のごとき夏雲立てり津山なり

湯原温泉

川湯柔かく高くひぐらし低く河鹿
湯の岩を愛撫す天の川の下

室賀氏母堂独り住む

青谷に母うつくしく鯉ふとる

老兄を見舞う　三句

黴の家跳びだし急行列車に乗る

梅雨富士の黒い三角兄死ぬか

梅雨烈し死病の兄を抱きもせず

梅雨去ると全き円の茸立つ

揚羽となり裂けし大樹を離れたり

赤松の一本ごとの西日立つ

機関車の瘤灼け孤り野を走る

梅干舐む炎天遠く出でゆくと
炎天に声なき叫び下駄割れて
猫に啼き帰るところあり天の川
合歓咲けりふるさと乙女下駄ちさし
荒園の力あつまり向日葵立つ
八方にスト雲までの草いきれ
基地臭し炎天の犬尾をはさみ
虹の環に掘るや筋骨濡れ濡れて
空手涼し三日月よりの風ひらひら
土ひややか空洞の松伐り倒され

秋満つ寺蝶の行方に黒衣美女

吠える犬秋の濁流張り流れ

眼帯の内なる眼にも曼珠沙華

葉山、千賀夫人に

羊歯裏葉にぎやか弓子夫人癒えよ

片蔭の家の奥なる眼に刺さる

雷落ちしや美しき舌の先

秋風に光る根株へ磯づたう

ちちろ声しぼり鉄塔冷えてゆく

憂し長し鰯雲への滑走路

濁流や秋の西日に蝶染まり
崖となりつつ秋の石塊個々光る
石工若し散る石片が秋の花
露乾き農の禿頭ゆらゆら行く
金蝿とかまきり招きわが燈火
稲雀笑いさざめく朝日の樹
梢さしひらめく鵙や土工掘る
秋の蜂若き石工の汗舐めに
案山子ならず拳で顔の汗ぬぐう
雌が雄食うかまきりの影と形

長兄遂に死す　五句

通夜寒し居眠りて泣き覚めて食う

死顔や林檎硬くてうまくて泣く

兄葬る笙ひちりきや歯の根合わず

ごうごうと焼きつくす音兄も菊も

箸ばさむ骨片の兄許し給え

昭和二十九年

声なり刈田の果に叫びおる

腰叩く刈田の農夫誰かの父

凶作の刈田電柱唸り立つ
木枯や昼の鶏鳴吹き倒され
黙契の雄牛と我を霰打つ
満天に不幸きらめく降誕祭
凶作の稲扱きの音入日枯れ
冬河の岸に火を焚き踊る影
角砂糖前歯でかじる枯野の前
手を分つ石壁の角どこかに火事
生き馬のゆくに従い枯野うごく
霜柱兄の欠けたる地に光る

誓子山荘　二句

寒巌に師の咳一度二度ひびく

荒れし谷底光りて寒の水流る

海鼠嚙む汝や恋を失いて

傍観す女手に鏡餅割るを

しん底寒し基地に光の柱立つ

杖上げて枯野の雲を縦に裂く

鴉飛び立てり羽ばたく枯野男

太郎発病

姿なく寒明けの地を馳け過ぎし

寒星は天の空洞子の病気
病む顔の前の硝子に雪張りつく

大阪造船所　九句

湿地帯寒のサイレン尾を曳きずる
黒き男鉄船へ入る寒の暮
船組むや大寒の沖細明り
造船所壁無し言葉の白き息
白息を交互に吐きて鉄板打つ
未完成の船の奥にて白息吐く
造船所寒燈も酸素の火も裸

雛の蹴爪ほどの薔薇の芽ただ恃む
紙の桜黒人悲歌は地に沈む
新燕に脳天と鍬今年も光る
太きかな師の体臭と木の葉髪
蜂は脚ぶら下げ主婦は手動かし
春の駅喫泉の穂のいとけなし
死の灰や砂噴き上げて春の泉
桜冷え看護婦白衣脱ぎて病む
土団子病孤児の冬永かりし
向日葵播き雲の上なる日を探す

上向く芽洗濯の足袋みな破れ
ゆるやかに確かに雲と麦伸びる
肉煮る香羊歯はこぶしの指ひらく
死の灰雲春も農婦は小走りに
顔天使前向き耕人うしろ向き

注「顔天使」とは中世の画家が、天使に首以下は無用として、顔に翼生えたる天使を描きしを言う。

日の出前蝌蚪に迅風《はやて》の音走る
馬と人泥田に挿さり労働祭
がつくりと菜殻火消えて雨降り出す
黄麦満ち声応えつつ牛と牛

笑っている蜂にさされても主婦は
眼をあけて蝮の眠る薔薇の下
誕生日青無花果に朝日照る
犬逸り五月乙女の腕伸び切る
母の腰最も太し麦を刈る
童女かがみ尿ほとばしる麦の秋
照る岩に刈麦干して山下る
物いわず筍をむく背おそろし

青伊豆　五句

青伊豆の鴉吹き上げ五月の風

海から無電うなずき歩む初夏の鳩
オートバイ照る燈台へ岩坂跳ね
暮るる礁に羽根ひろげ待つ雄の鵜か
黒南風の岬に立ちて呼ぶ名なし
胡瓜もぎ嚙みて何者かと語る
蛇の卵地上に並べ棒で打つ
いやな立雲樹の垂直を蟻走る
蛙の大合唱くらやみの地を守る
赤羊羹皿に重たし梅雨三日月
金魚浮き時を吸いては泡を吐く

炎天や濡れて横切るどぶ鼠

西瓜切るや家に水気と色あふれ

骨のみの工場を透きて盆踊

炎天勇まし砂利場に砂利満てり

物が見え初めし赤子蠅飛び交う

颱風来つつあり大小の紙の鶴

よく遊べ月下出でゆく若衆猫

血ぶくれの蚊を打つ蚊帳の白世界

西日照る　若き石崖颱風前

夏草にうめく鉄路の切れつぱじ

十五夜の怒濤へ若き踊りの手

つぎはぎの秋の国道乳房跳ね

満月下ブリキの家を打ち鳴らす

暗き露へ頭中の女振り落す

剝製の雉子狂院の秋やすらか

秋風に岩もたれあい光りあう

みずすまし遊ばせ秋の水へこむ

のけぞる百舌鳥雲はことなくみゆれども

棒立ちの急所急所に百舌鳥ひびく

十月の雨粉炭の山に浸む

鶏頭の硬き地へ貧弱なるくさめ
枝の蛇そのまた上の鰯雲
秋の蠅巌につるめり沖昏む
秋草に寝れば鶏鳴「タチテユケ」
卵割りし一事確かに秋の朝
公《おおやけ》の秋日土中に蛙クク
鶏頭の幹も鶏頭地に沈む
愛語通り過ぐ秋山の握り飯
樹々黒く唇赤し秋の暮
かまきり立つ若く貧しき山遊び

葉鶏頭食い荒したる日傾く

眼そらさず枯かまきりと猫と人

鳴き残る虫や満員電車発つ

金の蠅枯野へ飛びぬ硝子戸閉ず

昭和三十年

刈田照り赤き童女の一つまみ

藁塚作る朝日に笑いまきちらし

荒るる潟鵙くつがえり冬日照る

つまずく山羊かえりみ走る枯野乙女

小赤旗ちぎれんばかり枯野工場

北国の意志の巌あり落葉すべる

声なりし寒禽霧をつらぬき来《く》

冬潟の荒れにこぎ出で何を得る

冬日照覧農の埃のはげ頭

雪ちらほら古電柱は抜かず切る

風呂場寒し共に裸の油虫

脚ちぢめ蠅死す人の大晦日

寒鮒黒し金魚昇天したるあと

眉と眼の間曇りて雪が降る

百の貧患者に寒のぼろ太陽
寒の星一点ひびく基地の上
霜焼けの薔薇の蕾に飛行音
枯山に日はじわじわと指えくぼ
地にころぶ黒寒雀今の友
枯土堤の山羊の白さに心《しん》弱る
少女舌出すごと頂上に雪すこし

島津亮を見舞う

君生きよ風船の笛枯野に鳴る
かかわりなき売地に霰こまかな粒

枯山に路あり赤き手の女中
寒雷やセメント袋石と化し
寒行の足音戦前戦後なし
ヘヤピンを前歯でひらく雪降り出す
寒巌に乗る腹中に餅溶けて
北風《きた》あたらしマラソン少女髪撥ねて
寒肥まく貧の小走り小走りに
酸素の火みつめ寒夜の鉄仮面
鉄色に戻る寒夜の焼炉出て
寒木が枝打ち鳴らす犬の恋

春の崖に黄金朝日バタなき麵麭
芽吹くもの風化の巌に根を下ろし
死の灰や恋のボートの尻沈み
冬越え得し金魚の新鮮なる欠伸
春の沖へ叫ぶ根のある巌に立ち
最高となり頂上の巌の林檎
蠅黒く生れ山中の巌つかむ
極寒の病者の口をのぞき込む
寒燈を消し滅亡に駅眠る
病院の岩窪の霰夜光る

貧しき退院胸に霰をはじきつつ
踏切番の口笛寒夜の木割りつつ
浮き沈む雪片石切場の火花
無口の牛打ちては個々に死ぬ霰
卒業近し髪揚げ耳を搔く片眼
石炭にシャベル突つ立つ少女の死
鳥も死にしか春山墓地の片つぱさ
木の芽山鬚濃き印度人の墓碑
春山に小市民と犬埴輪の顔
塵芥の焚火の奢り人が見る

しやべる恋春もよごれて雀らは
羽ばたけり腐れ運河の春の家鴨
春山にひらく弁当こんにやく黒し
蠅生れ墓石を舐め羽づくろい
肉色の春月燃ゆる墓の上
春園の巌頭ゆで卵もて叩く
すみれに風一段高くボートの池
回る木馬一頭赤し春の昼
子を追いて馳け抜ける犬夕桜
春の洲に牛の重みの足の跡

この鉄路霞の奥にグヮンと打つ

農夫婦帽子あたらし麦あたらし

桜ごし赤屋根ごしに屍室の扉

雨の珠耳朶にきらめく労働祭

水ありて蛙天国星の闇

印旛沼　五句

秋元不死男、石塚友二氏等と

栗咲けりピストル型の犬の陰《ほと》

黒蝶となり青沼にくつがえる

青沼へ音かたぶきて昼花火

腰以下を黒き沼田に胸辺《むなべ》鋤く
よしきりや石塚友二身を投げず
石の獅子五月の風に鼻孔ひらく
雌雀に乗り降り乗り降り実《げ》に五月
青梅が痩せてぎつしり夜の甕
皺だみし干梅嚙んで何なさむ
麦車曳きなし遂げし牛の顔
電報の文字は「ユルセヨ」梅雨の星
光る針縫いただよえり黴の家

大野音次の死　八句

蚊帳よろけいで片仮名の訃報よむ
彼の死へ夏河渡り夏山越え
炎天に体浮くごとし弟子の死へ
団扇動かす膝立てしなきがらへ
これは故《もと》音次金の蠅に憑かれ
手を振つて死顔の蠅払うのみ
雷若し胎に動きてすでに遺児
棺あまり小さし海南風に待つ
彼の亡き地上緑蔭日の模様

発光する基地まで闇の万の蛙
尺八細音暗き家出で炎天へ
片蔭にチンドン屋夫妻しずかな語
動くもの青炎天の肥車

薬師寺　六句

苗代の密なる緑いつまでぞ
梅雨雀古代の塔を湧き立たす
梅雨荒れの砂利踏み天女像へゆく
仏見る間梅雨の野良犬そこに待てよ
天女の前ゴム長靴にほとびし足

泥鰌に泥鴉に暗緑大樹あり

浅井久子を見舞う

手鏡に梅雨の渦雲ひたす寄る

朝蝉の摺り摺る声と日の声と

大旱の崖の赤土えぐる仕事

大旱の岩起す挺子弓反りに

大旱や子の泣声の細く長く

一片の薔薇散る天地旱の中

下駄はきて星を探しに雷後雨後

広島の忌や浮袋砂まぶれ

原爆の日の拡声器沖へ向く
眼を張りて炎天いゆく心の喪
旱の子瑞《みず》のトマトを食い破る
天地旱トラックの尾の赤き布
土色ばつたのため平らかに白光土
大旱やトラック砂利をしたたらす

岡山県蒜山（ひるせん）高原　一〇句

高原の蝶噴き上げて草いきれ
高原の青栗小粒日の大声
火山灰高地玉虫のきりきり舞

高原の枯樹を離れざる蟬よ
死火山麓泉の声の子守唄
今生の夏うぐいすや火山灰地
ダム厚く暑し水没者という語あり
ダムの上灼けて土工の墓二十
仰向きて泳ぐ人造湖の隅に
切に濡らすわれより若き父母の墓
大旱の赤三日月の女憂し
銀河の下犬に信頼されて行く
晩夏の音鉄筋の端みな曲り

けなげなる鶏鳴蚊のいる蚊帳に透く

じわじわと西日金魚亡き水槽へ

石山寺など　五句

廃兵の楽ぎざぎざの秋の巌へ

揺れていし岩間の曼珠沙華折らる

豊年や湖へ神輿の金すすむ

大いなる塵缶接収地区の秋

義仲寺

秋日さす割られ継がれし「芭蕉墓」

松山　六句

秋の夜の海かき回し出帆す
船欄に夜露べつとり逃げる旅
城山が透く法師蟬の声の網
風化とまらぬ岩や舟虫一族に
秋の男二人に化石個々白し
貧農の軒とうもろこし石の硬さ
頭上げ下げ叫ぶ晩夏のぼろ鴉
出勤の足は地を飛びばつた跳ぶ
愛撫する月下の犬に硬き骨

河ほとり人住む小箱声なき百舌鳥

手にくだく落葉稲扱く場を過ぎて

野良犬よ落葉にうたれとび上り

大乳房ゆらゆらゆら刈田より子等へ

ざぼん黄色三味たどたどと母遊ぶ

月下匂う残業終えし少女の列

工場出る爪むらさきに秋の暮

豊年の黒き裸を湯泉《ゆ》に打たす

秋の夜の地下にうつむき皿洗う

鳶光る岩山の雲冷ゆる中

秋の河満ちてつめたき花流る

昭和三十一年

霧ひらく赤襟巻のわが行けば
枯樹鳴る石をたたみし道の上
老の仕事大根たばね木に掛けて
聖誕祭わが体出でし水光る
相寄りし枯野自転車また左右へ
寒夜の蜘蛛仮死をほどきて失せにけり
眼がさめてたぐる霜野の鶏鳴を

地下の街誰かの老婆熟柿売る

機関車単車おのが白息踏み越えて

聖誕祭男が流す真赤な血

静塔へ

蟹の脚嚙み割る狂人守ルカは

悼日野草城先生　六句

寒き花白蠟草城先生の足へ

死者生者共にかじかみ合掌す

触れざりき故草城先生の広額《ぬか》

師の柩車寒の砂塵に見失う

深く寒し草城先生焼かるる炉
寒の鳥樹にぶつかれり泣く涙
初日さす蓮田無用の茎満てり
走れずよ谷の飯場の春著の子
夜の吹雪オーデコロンの雫貰う
山の若者五人が搗きし餅伸びる
初釜のたぎちはげしや美女の前
寒きびし琴柱うごかす一つずつ
寒夜肉声琴三味線の老姉妹
獅子頭背にがつくりと重荷なす

霰を撥ね石の柱のごとく待つ
雪晴れの船に乗るため散髪す
膝にあてへし折る枯枝女学生
卒業や尻こそばゆきバスに乗り
寒明けの水光り落つ駄金魚に
昭和穴居の煙出しより春の煙
繦褓はためき春の山脈大うねり
老残の藁塚いそぐ陽炎よ
下萌えの崖を仰げば子のちんぽこ
紅梅の蕾を噴きて枯木ならず

薪能薪の火の粉上に昇る
火を焚くが仕丁の勤め薪能

中村丘の死　一〇句

白息黒息骸の彼へひた急ぐ
髪黒々と若者の死の仮面
死にたれば一段高し蠟涙ッッ
立ちて凍つ弟子の焼かる穴の前
手の甲の雪舐む弟子を死なしめて
弟子葬り帰りし生身《なまみ》塩に打たる
亡者来よ桜の下の昼外燈

若者死に失せ春の石段折れ曲る

汝も吠え責む春山霧の中の犬

うぐいすの夕べざくりと山の創

冷乳飲む下目使いに青麦原

春のミサ雨着に生まの身を包み

道しるべ前うしろ指し山桜

黒冷えの蓮掘りのため菜種炎ゆ

木の椿地の椿ひとのもの赤し

青天へ口あけ餌待ち雀の子

一指弾松の花粉を満月へ

遠くにも種播く拳閉じ開く

尺八の指撥ね春の三日月撥ね

牛の尾のおのれ鞭打ち耕せる

芽吹きつつ石より硬し樫大樹

代田出て泥の手袋草で脱ぐ

麦秋や若者の髪炎なす

今つぶすいちごや白き過去未来

吸殻を突きさし拾う聖五月

中村丘の墓

若者の木の墓ますぐ緑斜面

田掻馬棚田にそびえ人かがむ
田を出でて早乙女光る鯖買える
五月の風種牛腹をしぼり咆え
梅雨の崖屑屋の秤光り下る
下向きの月上向きの蛙の田
毛虫焼く梯子の上の五十歳
莫蓙負いて田掻きの腰をいつ伸ばす
若くして梅雨のプールに伸び進む
黴の家振子がうごき人うごく
旅の梅雨クレーン濡れつつ動きつつ

田を植える無言や毒の雨しとしと

太郎病気再発

鮮血喀く子の口辺の鬚ぬぐう

眼を細め波郷狭庭の蠅叩く

犬にも死四方に四色の雲の峰

雷火野に立ち蟻共に羽根生える

失職の手足に羽蟻ねばりつく

艦に米旗西日の潮に下駄流れ

老いは黄色野太き胡瓜ぶらさがり

蚊帳の蚊も青がみなりもわが家族

岩に爪たてて空蟬泥まみれ
青萱につぶれず夫婦川渉る
炎天にもつこかつぎの彼が弟子
鰯雲小舟けなげの頭をもたげ
颱風前やわらかき子の砂遊び
垂れし手に灼け石摑み貨車を押す
秋富士消え中まで石の獅子坐る
富士高く海低し秋の蠅一匹
秋浜に描きし大魚へ潮さし来

子の手術

太郎に血売りし君達秋の雨

父われを見んと麻酔のまぶたもたぐ

津山、蒜山《ひるせん》六句

亀の甲乾きてならぶ晩夏の城

今が永遠顔振り振つて晩夏の熊

赤かぼちや開拓小屋に人けなし

つめたき石背負い開拓者の名を背負う

痩せ陸稲へ死火山脈の吹きおろし

雨の粒冷泉うちて玉走る

老いし母怒濤を前に籾平《なら》す
冬海の巌も人型うるさしや
落葉して裸やすらか城の樹々
風よよと落穂拾いの横鬢に
赤黒き掛とうがらしそれも欲し
黄林に玉のごとしや握り飯
枯山の筑波を回り呼ぶ名一つ
金の朝日流寓の寒き崖に洟る
北への旅夜明けの鵙に導かれ
城の濠涸れつつ草の紅炎えつつ

石の冬青天に鵙さけび消え

汽車降りて落穂拾いに並ばんかと

藷殻の黒塚群れてわれを待つ

冬耕の馬を日暮の鵙囃す

一切を見ず冬耕の腰曲げて

昭和三十二年

新年を見る薔薇色の富士にのみ

一波に消ゆる書初め砂浜に

初漁を待つや枕木に油さし

初日さす畦老農の二本杖
刈株の鎌跡ななめ正月休み
熱湯を噴く巌天に初鴉
つかみ啖う雪貧の筋骨たくましく
ばら色のままに富士凍て草城忌
大寒の富士へ向って舟押し出す
小鳥の巣ほどけ吹かれて寒深む
雪片をうけて童女の舌ひっこむ
北極星ひかり生きもの餅の黴
薔薇の芽のにきびの如し寒日ざし

寒の雨東京に馬見ずなりぬ
鳴るポンプ病者養う寒の水
石橋に厚さ増しつつ雪軽し
凍り田に帰り忽ち鷺凍る
影過ぎてまたざらざらと寒の壁
老いの足小刻み麦と光踏み
耳に手を添え耕し同志遠い話
野良犬とわれに紅血寒の浜
春山の氷柱みずから落ちし音
生ける枝杖とし春の尾根伝い

紅梅のみなぎる枝に死せる富士
断層に蝶富士消えて我消えて
寒き江に顔を浮べて魚泳ぐ
弟子の忌や紙の桜に小提灯
春昼の巌やしたたり絞りだし
うぐいすや巌の眠りの真昼時
すみれ揺れ大鋸の急がぬ音
紋章の蝶消え春の巌のこる
日の遠さ撓めしばられて梨芽吹く
春浜に食えるもの尋《と》め老婆の眼

富士満面桜満開きようも不漁か
ぼろの旗なして若布に東風荒し
網つくろう胡坐どつかと春の浜
荒れる海「わしらに花見はない」と漁夫
荒海や巌をあゆみて蝶倒る
断崖下の海足裏おどり母の海女
流木を火となし母の海女を待つ
太陽へ海女の太腕鮑ささげ
浮くたびに磯笛はげし海中暗し
海女浮けよ焚火に石が爆ぜ跳べり

笑う漁夫怒る海蛇とともに裸

青嵐滅びの砂岩砂こぼす

喫泉飲む疲れて黒き鳥となり

ふつふつと生きて夜中の梅雨運河

落梅は地にあり漁師海にあり

黴の家単音ひかり仏の具

荒梅雨の沖の汽笛や誰かの忌

梅雨赤日落つるを海が荒れて待つ

モナリザは夜も眠らず黴の花

かぼちゃ咲き眼立て爪立て蟹よろこぶ

やわらかき子等梅雨の間の岩礁に

花火見んとて土を踏み階を踏み

青森　一〇句

舌重き若者林檎いまだ小粒

鉄球の硬さ青空の青林檎

長柄大鎌夏草を薙ぐ悪を刈る

落林檎渋し阿呆もアダムの裔

横長き夕焼太宰の山黒し

乗らざりし連絡船

なお北へ船の半身夕焼けて

青高原わが変身の裸馬逃げよ
炎天涼し山小屋に積む冬の薪
寡黙の国童子童女に草いちご
港湾や青森の蟬のけぞり鳴く
つつ立ちてゆがみゆく顔土用波
富士見ると舟虫集う秋の巌
笛吹き立ち太鼓打ち坐し秋の富士
漁夫の手に綿菓子の棒秋祭
濡れ紙で金魚すくうと泣きもせず
バシと鳴るグローブ晩夏の工場裏

長良川　一〇句

夜と昼

鵜舟曳く身を折り曲げて雇われて
火の粉吐き突っ立つ鵜匠はたらく鵜
早舟の火の粉鮎川の皮焦がす
はばたく鵜古代の川の鮎あたらし
潜り出て鮎を得ざりし鵜の顔よ
昼の鵜や鵜匠頭《うしょうのかみ》の指ついばみ
いわし雲細身の鵜舟ひるる眠る
籠の鵜が飢えし河原の鳶をみる

鵜の糞の黄色鮮烈秋の風
昼の今清しなまぐさかりし鵜川
枯れ星や人形芝居幕をひく
食えぬ茸光り獣の道せまし
うつむきて黒こおろぎの道一筋
立ちて逃ぐる力欲しくて芋食うよ
冬の蠅耳にささやく最後の語
こおろぎが暗闇の使者跳ねてくる

岐阜　二句

秋の鳶城の森出て宙に遊ぶ

板垣銅像手上げて錆びて秋の森
冬怒る海へ青年石投げ込む
曲る挺子霜もろともに巌もたげ
枯葉のため小鳥のために石の椅子
子の指先弥次郎兵衛立つ大枯野
安定所の冬石段のかかる磨滅
寒月下の恋双頭の犬となりぬ
河豚鍋や愛憎の憎煮えたぎり
月枯れて漁夫の墓みな腕組める

昭和三十三年

個は全や落葉の道の大曲り

落葉して木々りんりんと新しや

夜の別れ木枯炎ゆる梢あり

ネロの業火石焼芋の竈に燃ゆ

地に立つ木離れず鳥も切れ凧も

南伊豆　二句

枯広き拓地の声は岩起す

岩山の浅き地表に豆の花

餅焼けば谷間の鴉来よ来よと
鼻風邪や南面巨巌ありがたく
死顔の寒季の富士は夜光る
刈田青み伊豆の重たき鴉とぶ
山畑のすみれや背負う肥一桶
老いて割る巌や金柑鈴生りに
蕗の薹岩間の土にひきしまる
呼ぶ声や寒巌の胎深きより
岩山の北風青し目白捕り
犬妊み寒潮に浮く島七つ

素手で掻く岩海苔富士と共に白髪
夜の吹雪言葉のごとく耳に入る
寒柝に合せて生ける肌たたく
黒き月のせて三日月いつまで冬
これが最後の枯木の踊一つ星
落椿かかる地上に菓子のごとし
花咲く樹人の別れは背を向け合い
岩伝う干潟の独語誰も聞くな
うぐいすや死顔めきて巌に寝て
絶壁の氷柱夜となる底びかり

氷柱くわえ泣きの涙の犬走る
寒のビール狐の落ちし顔で飲む
吹雪く野に立ち太き棒細き棒
首かしげおのれついばみ寒鴉
天の国いよいよ遠し寒雀
犬を呼ぶ女の口笛雪降り出す
宙凍てて鉄骨林に火の鋲とぶ
降る雪を高階に見て地上に濡る
蠅生れ天使の翼ひろげたり
道場の雄叫び春の鳩接吻

忘却の青い銅像春のデモ
桜冷え遠方へ砂利踏みゆく音
老斑の月より の風新樹光る
体ぬくし大緑蔭の緑の馬
まかげして五月を待つよ光る沖
誕生日五月の顔は犬にのみ
荒れ濁る海へ草笛鳴りそろう
分ち飲む冷乳蝕の風起る
いま清き麻酔の女体朝の月
緑蔭の累卵に立ち塩の塔

光る森馬には馬の汗ながれ
荒地すすむ朝焼雀みな前向き
遁走の蟬の行手に落ちゆく日
耳立てて泳ぐや沖の声なき声
強き母弱き父田を植えすすむ
仮住みのここの藪蚊も縞あざやか

大島・下賀茂　一一句

夜光虫明日の火山へ船すすむ
知恵で臭い狐や夏の火山島
死者生者竜舌蘭に刻みし名

熔岩の谷間文字食う山羊の夏
青バナナ逆立ち太る硝子の家
飛び込まず眼下巌嚙む夏潮へ
母音まるし海南風の熔岩《らば》岬
ラムネ瓶握りて太し見えぬ火山
声涼しさぼてん村の呆け鴉
巌窟の泉水増えし一滴音
老いの手の線香花火山犬吠え
裸そのまま力士の泳ぎ秋祭
秋祭生きてこまごま光る種子《たね》

秋潮に神輿うかべて富士に見す

天高しきちがいペンをもてあそぶ

石崖に嚙みつく蝮穴まどい

梯子あり颱風の目の青空へ

颱風の目の空気中女気《にょき》を絶つ

新涼の咽喉透き通り水下る

つぶやく名良夜の虫の光り過ぐ

真っ向に名月照れり何はじまる

犬の恋の楽園苦園秋の風

男鹿半島と八郎潟　一〇句

生ける雉子火山半島の路はばむ
旧火山鈍なるものは暖かし
水飲みて酔う秋晴の燈台下
若き漁夫の口笛千鳥従えて
白魚を潟に啜りて歎かんや
遠い女シベリヤの鴨潟に浮き
どぶろくや金切声の鵙去りて
手をこすり血を呼ぶ深田晩稲刈
夕霧に冷えてかたまり農一家
稲積んで暮れる細舟女ばかり

昭和三十四年

宇都宮大谷採石場　五句

落葉しずかな木々石山に根を下ろし

石山掘り掘ってどん底霧沈む

面壁の石に血が冷えたがねの香

巨大なる影も石切る地下の秋燈

切石負い地上の秋へ一歩一歩

木の林檎匂い火山に煙立つ

冬耕の短き鍬が老婆の手

冬に生れば つた遅すぎる早すぎる
けもの臭き手袋呉れて行方知れず

信濃　五句

黒天にある寒星信濃古し
個々に太陽ありて雪嶺全しや
地吹雪の果に池あり虹鱒あり
卵しごきて放つ虹鱒若者よ
月光のつらら折り持ち生き延びる
満開の梅の空白まひる時
豊隆の胸の呼吸へ寒怒濤

霰うつ巌に渇きて若い女
寒の浜婚期の焰焚火より
春の小鳥水浴び散らし弱い地震

世田谷ぼろ市　五句

寒星下売る風船に息吹き込む
寒夜市目なし達磨が行列す
寒夜市餅臼買いて餅つきたし
ぼろ市に新しきもの夜の霜
ぼろ市さらば精神ぼろの古男
うぐいすや水を打擲する子等に

腰伸《の》して手を振る老婆徒長の麦

火の山のとどろく霞船着きぬ

生ぱんと女心やわらか春嵐

西方に春日紅玉死にゆく人

昼のおぼろ泉を出でて水奔る

舐め癒やす傷やぼうぼう木の芽山

黒眼ひたと萌ゆる林を出で来たる

椿ぽとりと落ちし暗さにかがむ女

男等消え女等現れ春の丘

種まく手自由に振つて老農夫

筍の声か月下の藪さわぐ
夜が明ける太筍の黒あたま

横浜　七句

巨大な棺五月のプール乾燥し
光り飛ぶ矢新樹の谷に的ありて
沖に船氷菓舐め取る舌の先
眼鏡かけて刻む西暦椎の花
椎どっと花降らす下修道女
船の煙突に王冠三つ汗ばむ女
煙と排水ほそぼそ北欧船昼寝

新じやがのえくぼ噴井に来て磨く
燕の巣いそがしデスマスクの埃
春画に吹く煙草のけむり黴の家
岩沈むほかなし梅雨の女浪満ち
犬も唸るあまり平らの梅雨の海
畑に光る露出玉葱生き延びよと
言葉要らぬ麦扱母子影重ね
麦ぼこり母に息子の臍深し
麦殻の柱並み立て今も小作
踊の輪老婆眼さだめ口むすび

炎天の「考える人」火の熱さ

黒雲から風髪切虫鳴かす猫

全き別離笛ひりひりと夏天の鳶

海溝の魚に手触れて泡叫ぶ

蟹死にて仰向く海の底の墓

沖に群れ鳴る雷浜に花火会

逃げ出す小鳥も銜える猫も晩夏一家

山鳩のくごもる唄に雷迫る

朝草の籠負い皺の手の長さ

虫鳴いて万の火花のしんの闇

蝿と遊ぶ石の唐獅子磯祭

棒に集る雲の綿菓子秋祭

波なき夜祭芝居は人を斬る

一夜、草田男氏笑っていう、「一九〇〇年生れの三鬼は一九世紀、一九〇一年生れの我は二〇世紀」と

汗舐めて十九世紀の母乳の香

象みずから青草かづき人を見る

ゴリラ留守の炎天太きゴムタイヤ

死火山の美貌あきらか蚊帳透きて

武蔵野平林寺　七句

秋満ちて脱皮一片大榎

露の草嚙む猫ひろき地の隅に
昔々の墓より墓へもぐらの路
白濁は泉より出で天高し
秋の蜂群がり土蔵亀裂せり
女の顔蜘蛛の巣破り秋の森
学僧も架くる陸稲も蒼白し

草城先生遺宅　二句

実となりし蔓ばら遺愛の猫痩せて
死霊棲みひくひく秋の枝蛙

須磨水族館　三句

美女病みて水族館の鱶に笑む
新しき今日の噴水指あたたか
乾き並ぶ鯨の巨根秋の風

松山へ　三句

水漬くテープ月下地上の若者さらば
露の航ペンキ厚くて女多し
力士の臍眠りて深し秋の航

予志と　八句

松山平らか歩きつつ食う柿いちじく
秋日ふんだん伊予の鶏声たくさん

あたたかし金魚病むは予志の一大事
赤き青き生姜菓子売る秋の暮
城高し刻み引き裂き点うつ百舌鳥
切れぬ山脈柿色の柿地に触れて
小屋ありて爺婆ひそむ秋の暮
みどり子が奥深き秋の鏡舐め

藤井未萌居　二句

文鳥の純白の秋老母のもの
旅ここまで月光に乾くヒトデあり

昭和三十五年

海越えて白富士も来る瘤から芽
木になれぬ生身《なまみ》は歩く落葉一重
気ままな鳶冬雲垂れて沖に垂れ
老斑の月より落葉一枚着く
丸い寒月泣かんばかりにドラム打つ
ひつそりと遠火事あくびする赤子
太陽や農夫葱さげ漁夫章魚さげ
凧揚げて海の平らを一歩踏む

巨犬起ち人の胸押す寒い漁港
廃船に天水すこしそれも寒し
昼月も寒月恋の猫跳べり
赤い女の絶壁寒い海その底
明日までは転覆し置く寒暮のトロ
寒の入日へ金《こん》色《じき》の道海の上
細き靴脱ぎ砂こぼす寒の浜
富士白し童子童女の砂の城
寒雀仰ぐ日の声雲の声
寒雀おろおろ赤子火の泣声

髪長き女よ焼野匂い立つ
大寒の手紙「癒えたし子産みたし」
鉄路まで伊吹の雪の白厚し
深雪掻く家と家とをつながんと

黒谷忠居

一夜明け先ず京風の寒雀
飢えの眠りの仔犬一塊梅咲けり
自由な鳶自由な春の濤つかみ
蛇出でて優しき小川這い渡る
もんぺの脚短く開き耕す母

耕しの母石ころを子に投げて
底は冥途の夜明けの沼に椿浮く
黒髪に戻る染め髪ひな祭

秩父長瀞 九句

風出でて野遊びの髪よき乱れ
鶯にくつくつ笑う泉あり
春水の眠りを覚ます石投げて
一粒ずつ砂利確かめて河原の蝶
万年の瀞の渦巻蝶溺れ
電球に昼の黄光ちる桜

老眼や埃のごとく桜ちる

花冷えをゆく灰色のはぐれ婆

草餅や太古の巌を撫でて来て

炎えている他人《ひと》の心身夜の桜

黄金指輪三月重い身の端に

どくだみの十字に目覚め誕生日

薔薇に付け還暦の鼻うごめかす

五月の海へ手垂れ足垂れ誕生日

横浜ヨットレース　六句

ヨット出発女子大生のピストルに

潮垂らす後頭ヨットに弓反りに
大学生檻褸干す五月の潮しぼり
ヨット混雑海の中にも赤旗立つ
大南風赤きヨットに集中す
女のヨット内湾に入り安定す
猫一族の音なき出入り黴の家
うつむく母あおむく赤子稲光
夏落葉亡ぶよ煙なき焔
熱砂に背を擦る犬天に四肢もだえ
暑き舌犬と垂らして言わず聞かず

産みし子と肌密着し海に入る
老いざるは不具か礁に髪焦げて
炎天に一筋涼し猫の殺気
昼寝覚凹凸おなじ顔洗う
近づく雷濤が若者さし上げる
海から誕生光る水着に肉つまり
夜の深さ風の黒さに泳ぐ声
暗い沖へ手あげ爪立ち盆踊
地を蹴つて摑む鉄棒帰燕あまた
東京タワーという昆虫の灯の呼吸

洞窟に湛え忘却の水澄めり

死火山麓かまきり顔をねじむけて

妻、高血圧

草食の妻秋風に肥汲むや

手賀沼　一〇句

いわし雲人はどこでも土平《なら》す

麹干しつつ口にも運ぶ旧街道

陸稲刈るにも赤き帯紺がすり

臀丸き妻の脱穀ベルト張り

犬連れて沼田の稲架を裸にす

穭田の水の太陽げに円し

東西より道来て消えし沼の秋

千の鴨木がくれ沼に曇りつつ

蜂に溌かれ赤シャツ逃げる枯芦原

雲はしずかに明治芝居の野菊咲く

鳶ちぎれ飛ぶ逆撫での野分山

渚来る胸の豊隆秋の暮

秋の暮大魚の骨を海が引く

名古屋

大鉄塔の秋雨しずく首を打つ

田県神社

木の男根鬱々秋の小社《やしろ》に

黒谷忠

亡《つ》妻《ま》恋いの涙時雨の禿げあたま

神戸埠頭

病む美女に船みな消ゆる秋の暮

濃き汗を拭いて男の仮面剝げし

足跡焼く晩夏の浜に火を焚きて

沖へ歩け晩夏の浜の黒洋《こう》傘《もり》

吹く風に細き裸の狐花

昭和三十六年十月まで

かかる仕事冬浜の砂俵《ひよう》に詰め
冬日あり老盲漁夫の棒ぎれ杖
沖まで冬双肩高き岩の鳶
応えなき冬浜の砂貧漁夫
老婆来て魚の血流す冬の湾
冬霧の鉛の浜に日本の子等
駄犬駄人冬日わかちて浜に臥す
冬浜に死を嗅ぎつけて掘る犬か

北風吹けば砂粒うごく失語の浜

広島より漬菜到来

広島漬菜まつさおなるに戦慄す

死の階は夜が一段落葉降る

みつめられ汚る裸婦像暖房に

冬眠の畑土撫でて人も眠げ

霜ひびき犬の死神犬に来し

木の実添え犬の埋葬木に化《な》れと

吹雪を行く呼吸の孔を二つ開け

霜焼けの薔薇の蕾は噛みて呑む

元日の猫に幹ありよじ登る
元日の地に書く文字鳩ついばむ
けもの裂き魚裂き寒の地を流す
姉呼んで馳ける弟麦の針芽
寒の空半分黄色働く唄
実に直線寒山のトンネルは
死の軽さ小鳥の骸手より穴へ
大寒の炎え雲仰ぎ亀乾く
折鶴千羽寒夜飛び去る少女の死
霰降り夜も降り顔を笑わしむ

鳶の輪の上に鳶の輪冬に倦く
脳弱き子等手をつなぎ冬の道
全しや寒の太陽猫の交尾
老いの屁と汗大寒のごみ車
月あゆみ氷柱の国に人は死す
寒の眉下大粒なみだ湧く泉
落ちしところが鷗の墓場寒き砂
死にてからび羽毛吹かるる冬鷗
岩海苔の笊を貴重に礁跳ぶ
うぐいすや引潮川の水速く

虹が来る女の蜜柑三角波
豆腐屋の笛に長鳴き犬の春
大干潟小粒の牡蠣を割り啜る

新宿御苑　六句

美男美女に異常乾燥期の園
枯芝を焼きたくて焼くてのひらほど
少年を枝にとまらせ春待つ木
飛行機よ薔薇の木に薔薇の芽のうずき
サボテン愛す春暁のミサ修し来て
喇叭高鳴らせ温室の大サボテン

蘭の花幽かに揺れて人に見す

埼玉県吉見百穴　一〇句

卒業の大靴ずかと青荒地
貞操や春田土くれくつがえり
かげろうに消防車解体中も赤
芽吹く樹の前後抱きしめ女二人
老婆出て霞む百穴ただ見つむ
古代墳墓暗し古代のすみれ揺れ
百穴に百の顔ありて復活祭
声のみの雲雀の天へ光る沼

みつまたの花嗅ぎ断崖下の処女よ
春田深々刺して農夫を待てる鍬

南多摩百草園　一〇句

婆手打つげんげ田あれば河あれば
ひげの鯉に噴出烈し五月の水
溝川に砂鉄きらめき五月来ぬ
青梅びつしり女と女手をつなぎ
初蟬の唄絶えしまま羊歯の国
熊ん蜂狂い藤房明日は果つ
峡畑に寸の農婦となり耕す

風青し古うぐいすの歎きぶし

つつじ赤く白くて鳶の恋高し

初蟬や松を愛して雷死にし

椎匂う強烈な闇誰かを抱く

臀丸く葱坊主よりよるべなし

子が育つ青蔦ひたと葉を重ね

薔薇の家犬が先ず死に老女死す

薔薇の家かつら外《はず》れし老女の死

奈良　八句

飛ぶものは白くて強し柳絮と蝶

青野に吹く鹿寄せ喇叭貸し給え
突き上げて仔鹿乳呑む緑の森
乳房吸う仔鹿せせらぎ吸う母鹿
幼き声々大仏殿にこもる五月
遠足隊わめき五月の森とび出す
薬師寺の尻切れとかげ水飲むよ
白砂眩し盲鑑真は奥の奥に
出水後の日へ赤き蟹双眼立て
子供の笛とろとろ炎天死の眠
日本の笑顔海にびつしり低空飛行

岩あれば濡れて原色の男女あり
岩礁の裸女よ血の一滴を舐め
飴ふくみ火山の方へ泳ぎ出す
魚ひそみ乳房あらわれ岩の島

市川流燈会　六句

流燈の夜も顔つけて印刻む
花火滅亡す七星ひややかに
遠雲の雷火に呼ばれ流燈達
流燈の列消しすすみ死の黒船
流燈の天愚かなる大花火

流燈の列へ拡声器の濁み声

松山　七句

呼吸合う五月の闇の燈台光
船尾より日出で船首に五月の闇
万緑の上の吊り籠《ゴンドラ》昇天せよ
城攻める濃緑の中鶏鳴けり
城古び五月の孔雀身がかゆし
天守閣の四望に四大黄麦原
麦刈りやハモニカへ幼女の肺活量

あとがき

この句集は前句集『今日』以後の一〇七三句から成り、昭和二十六年秋から昭和三十六年秋まで、約十年間の作品である。この間に十数年を過した関西から神奈川県葉山に移住した。職業も歯科医をやめ、いわゆる専門俳人になった。背水の陣である。それにもかかわらず、作品に精彩を欠くとせば、ただ自らの才能貧しきが故とせねばならない。

この句集が突如刊行のはこびに至ったのは、昭和三十六年十月、私が胃癌の手術をうけ、余病を発して危篤に陥った時、かけつけて来られた友人諸兄の協議によるのである。遺著にもなるべかりし句集を、命びろいして机上に置き得るのも運命というものであろう。

この句集刊行の事に当られた友人諸兄に、心からなるお礼を申上げる。

昭和三十六年歳晩

『変身』以後

『変身』以後

蜂蜜に透く氷片も今限り

耳嚙んで踊るや暑き死の太鼓《ボンゴ》

奥の細道

福島、しのぶの里

深緑蔭の巌男来る女来る

佐藤兄弟墓

焼石の忠義兄弟いまは涼し

作並温泉

爺と婆深青谷の岩の湯に

多賀城址

哭きつつ消えし老人青胡桃

夏草の今も細道俳句の徒

塩釜、佐藤鬼房と行を別つ

男の別れ貝殻山の冷ゆる夏

松島

夏潮にほろびの小島舟虫共

瑞巌寺

一僧を見ず夏霧に女濡れ

円通院

蟬穴の暗き貫通ばらの寺

三日月

信じつつ落ちつつ全円海の秋日

台風一過髪の先まで三つに編む

露けき夜喜劇と悲劇二本立

父と兄癌もて呼ぶか彼岸花

虫の音に体漂えり死の病

海に足浸る三日月に首吊らば

入院や葉脈あざやかなる落葉

魔の病

入院車へ正座犬猫秋の風

病院の中庭暗め秋の猫

手術前夜

剃毛の音も命もかそけし秋

手術後

赤き暗黒破れて秋の顔々あり

術後二週間一滴の水も与えられず

這い出でて夜露舐めたや魔の病

切り捨てし胃の腑かわいや秋の暮

退院

煙立つ生きて帰りし落葉焚

頭上まで

縦横の冬の蜜蜂足瘻え立て

降りつもる落葉肩まで頭上まで

病み枯れの手足に焚火付きたがる

犬猫と夜はめつむる落葉の家

枯るる中野鳩の声の養生訓

ばら植えて手の泥まみれ病み上り

「体内の悪しきもの切り捨つべし」静塔の手紙

木枯にからだ吹き飛ぶ悪切り捨て

＊

ぐつたりと鯛焼ぬくし春の星

春の海近しと野川鳴り流る

海南風女髪に青き松葉降らす

葉山ぐらし

神の杉伝いて下る天の寒気
ひよどりのやくざ健やか朝日の樹
死後も犬霜夜の穴に全身黒
餅のかびいよいよ烈し夫婦和し
添伏しの陽気な死神冬日の浜
木枯のひびく体中他人の血
ついばむや胃なし男と寒雀

紅梅

大寒の富士なり天に楔打ち

寒鴉口あけて呼ぶ火山島

音こぼし〳〵寒柝地の涯へ

地震来て冬眠の森ゆり覚ます

声要らぬ春の雀等光の子

青天に紅梅晩年の仰ぎ癖

人遠く春三日月と死が近し

遺作

陽炎によごれ気安し雀らは
鶏犬に春のあかつき猫には死
木瓜の朱へ這いつつ寄れば家人泣く
春の入日へ豆腐屋喇叭息長し

絶句

春を病み松の根つ子も見あきたり

拾遺

昭和八年

寝がへれば骨の音する夜寒かな

秋風や五厘の笛を吹く子供

昭和九年

風邪の子の熱く小さき手足はも

風邪の子を見つむるなべに疲れゆく

風邪の子に寒雨はつのるあまつさへ

踊り子は掌のつめたきを詫びて云ふ

いのちありて蜜柑の露をよろこべる

クリスマスかの凍て星に遠き世を

クリスマス神父の黒衣裾長に

日濠ラグビー

球を獲てラガーたぎちを溯るかに
防空燈雪雲とらへあそびをり

横浜風景

異人墓地木梢の海も雪ぐもる
異人墓地花束雪にうもれたる
異人墓地十字架雪をよそほへる
異人墓地雪の糸杉かゞよへる
異人墓地雪むらさきに夕づける

*

昼閑か洋書部春の灯をともし

春昼の洋書部守りかの売子
洋書部の窓ゆく春の雲しづか

＊

草萌ゆるこみちのカタヒもの食へる

＊

裸馬ぽく〳〵畑は日闌けて葱坊主
裸馬ぽく〳〵遠に櫟の芽が光り
裸馬ぽく〳〵捨てた煙草は草の芽に

椅子ふかく

眼に偸む裸婦の図春の灯を吸へる
裸婦の図の褐《かち》髪春の灯にみだれ
裸婦の図の美き丘と谷春の灯に

もり上りせまる裸婦の図春の灯に
夜の春を裸婦の図のふと息吹きけむ

＊

鞦韆の美き脚漕げりひたすらに
鞦韆に崎の巨船消えしてふ
鞦韆ゆ紅の靴降り吾がまへに
鞦韆の振子とまれり手をあたふ

＊

夜の春をめぐる木馬は傷みたり
徒らにおほきく妻の石鹸玉
街路樹のまづしき土に萌ゆるもの
街路樹は春のよぎりのうすぎぬを

木々の芽のにほへる朝を囀れる
畦塗のことばすくなくめをとかな
畦塗に風音とほく夕づけり
ひそかなるあしたの雨に囀れる
黄砂降るあかゞねの月鉄骨に
黄砂降るあかゞねの月に佇つよなげ
原注、よなげ（どぶ浚ひ）をいふ。

「にんじん」を詠む
春暁のシーツ濡れをりすべもなし
鵜鴣を締むおそるゝ眼かたく閉づ
牡丹蔓裳裾にひきて嫁あそび
葡萄呉るゝ大いなる掌の名附親

月落ちぬこゝろ触れたる父と子に

＊

蒼澄める朝の空へ松の芯

朴落葉掌をかゞやかに真間の峡

峡深き日はうつうつと杉の花

薄月や接木のいのちかよひそむ

疫《え》病む子に禍つ闇ぬけ白蛾来ぬ

麻刈に麻の緑の風ふれぬ

＊

熱を病む手足がへんに伸びてゆく

熱を病む骨がしだいにやはらかく

熱を病むおのれが鳴らす歯の音を

＊

荒海に声消されつゝ黒穂抜き
躍り出て麦の黒穂を搏ちあへり
黒穂抜くひとりは泣けり麦に沈み
黒穂抜く童に鷗翔ち戻り
海暮るゝ風につゝまれ黒穂抜き

＊

五月来ぬ今朝の食卓草の上に
園の卓みどりの朝の珈琲を
青蔦の窓より煙草投げ呉れし

＊

ふと匂ふ五月の朝の新刊書

旺んなる青葉に染まり読みふける

＊

野遊びの籠のくさぐさ草の上に
せゝらぎや風の野遊び昏れそめし
野遊びの家路の自動車灯の街を

＊

つゆのたままつよひぐさにおもからむ
おもかげはまつよひぐさによみがへる
かのといきまつよひぐさにいまもきく

＊

白芥子のひそかなる香に眼をつむる
夕闇に芥子も夫人も白かりき

＊

疫《え》病む子に闇つらぬきて白蛾来ぬ

疫病む子を窺ふ白蛾闇を負ふ

疫病む子はまどろみ白蛾すでにあらぬ

＊

五月来と角笛牧のはたてより

あゆみよる羊に楡の影みどり

言絶えしふたりに新樹かぶさり来

くちふれて新樹の闇に溺れゆく

梶鞠の音――梶鞠の老足跂と久世子爵　誓子――

遠き世の梶鞠の音電波に来《く》

梶鞠の老の掛声電波に来

放送の蹴鞠に甦る誓子の句

久世子爵在りや蹴鞠の放送に

人や聞く古き蹴鞠の放送を

海浜小景

悪童のみな貌美くて浜に古り

悪童に羞ぢらふ胸乳波に浸し

悪童のくち笛ひしと波の娘に

悪童のコーラス沖に雲の下に

悪童らインクの色の沖へ去る

＊

白きもの海月となりてくつがへる

浜木綿をかざして夜の波の間に

波を出て月光の襯衣ひたと着る

＊

朝焼けや船渠の水も覚めそめぬ

朝焼けて人起重機に手を振るよ

朝焼やちぎれしテープ漂ふに

＊

白服の人輪の芯に見たるもの

衝突の赤き白服眼に痛く

行人《ひと》去りて血潮は乾く地のほむら

熱風やこのラヂオも株の値を

朝焼けに船渠の水の覚め果てず

マロニエに日本の夏を寂しめり

短夜の夢のきれぎれ百合に趁ふ
青梅売窓のくらきに声かくる
サーカスの馬車軋り出で祭果つ
祭果て雑草真日にむら立てる
鰯雲夕べひさしく祭果つ
祭果てし広場の芥風は秋
白き衣のりぞをる匂ひ花火待つ
美しき今生の花火ながめけむ
青梅の一顆を掌に思ひとほく
ふるさとの美《み》作《まさか》の梅熟れにけむ

＊

鳩の渦光り颱《あらし》風のくる景色

颱風くる窓におびゆる灯の茜
颱風くる堀割蒼き香によどみ

*

工場祭秋日あまねく広場《には》に
女工らの踊りの化粧つたなしも
黒煙けふなき空へ踊りの手
踊りの輪つぼみひらけばその影も
工場長踊りの埃うちはらひ

*

青鷺の下り立つけはひ朝霧に
青鷺に沢の朝霧濃く薄く
青鷺の佇ちて閑けさ極まりぬ

青鷺の青き羽見ゆそよぐ見ゆ
青鷺をゐがく紙にも霧ふるゝ

＊

ホテルの灯まぶしく仰ぎ施餓鬼舟
施餓鬼舟川面の夜霧いん〳〵と

＊

初猟のうら昂るに車窓《まど》さむく
霧がのむ尾燈を猟犬《いぬ》とかへりみし
カンテラと駅長と現れ猟犬を賞づ

東北凶作地を憶ふ

朝を飢え子らは氷雨のまなびやへ
掘りて食む野山の草の根も凍てぬ

木枯のくに去り行くかむすめらよ
夜を飢えて覚むるに雪の海あらぶ

昭和十年

毛皮売ビルの谷間の陽と移る
毛皮売陽ざしによごれ昼餉食む
舗道の陽は遠退き卓の菊饐ゆる
朱蜻蛉浮きては風の色となる
はた〳〵の発条強くたなぞこに

＊

堀割を聖誕祭《ノエル》の星のつらぬきぬ
靴磨き聖誕祭の紙のかんむりに

花売女聖誕祭をくらく常の処に

照射燈聖誕祭の星を掃きすゝむ

気象と僕　II（〈気象と僕I〉は「空港」抄における〈街〉）

さむ〴〵と我らを圧し海彼の書

霙かとパイプを拭ふ友ひとこと

びしよ濡れの闇の象嵌灯が凍る

びしよ濡れの闇のかなたに灯が凍る

白き手のわれら語らず秒冴ゆる

アベ・マリア（『旗』「空港」における〈アヴェ・マリヤ〉に不採録の句）

聖燭祭マリヤを知らで母逝きし

ガブリエル天使か北風に喇叭吹く

鼠（「空港」における〈鼠〉に不採録の句）

せまりくるは飢か睡魔かみぞる夜の
ボロボロのパン屑獲たりみぞる夜の

*

米式《アメリカン》フットボール天ふくらめり
春光と落ちくる球をしかと胸に
飛機の影また蹴球の地を虚空《そら》へ

痴人

煖炉燃えよき座恋敵《ライヴアル》すでに在り
恋敵の厚き外套眼にぬすむ
わが酒をうばふかひなの寒からぬ
冬薔薇むしり啖ひてわが酔へり

ひととせ

こほる夜の星《スター》ホテルのラムネよし

原注、星（スター）ホテルは横浜本牧にあり

けふよりの春婦に床板《ゆか》の靴みだれ

灯まぶし処女のかぎりなきおそれ

夏の夜のシャンパンの酔青かりし

海焼けのひろき胸なり名も知らぬ

夢に来るあをきくろき眼数知らぬ

雪の夜のアブサン腐肉燃えてきし

けだものに与へて悔ひず滅ぶる身

刺青《いれずみ》のマリとてひとり死にしのみ

＊

世に敗れ夜天の春をいまぞ知る
窓々の灯にひと住めり春の夜の
暖かき茶を恋ひ石につまづきぬ
なほさむき夜を獣めく影とゆく

生ひ立ち（「空港」における〈生ひ立ち〉に不採録の句）

I

み空ゆく雲のけものよ青の朝
失へるナイフや錆びん青の朝

II

青の夜の森に妖しの鳥たはれ
青の夜の房《へや》の隅々みるおそれ
地球儀を辷る蛾の影青の夜の

誕生日

犬養毅撃たれわが誕生《うま》れ今日五、一五
亡父《ちち》亡母《はは》よわれ生きてあり今日五、一五
空にごる街あゆみつかれ今日五、一五
道につぶれわが干支の鼠今日五、一五

公園

栗の花ひしめく闇にひとり醒む
栗の花香のあをあをと星を染む
栗の花けぶらひけもの夢を見る
栗の花息吹きつめたく燈を青む
栗の花めしひし水に香をしづむ

学の感傷――M博士に与ふ――

学園の窓の柘榴よ咲いて散る
籐椅子に学をさびしみ重ぬる夜
禁断の書《ふみ》よセードの緑光に
この国の法《のり》の博士をさびしとも
たかぶりの心すゞしき星に触り
蛾よひとつ玻璃のみどりにゐて静か

東京株式取引所

濃き影を熱風を脱ぎ階を踏む
玻璃天井高しこだまがあざわらふ
手がそよぐ憑かれ狂へる無数の手
一瞬の孤独地獄の汗つめたし

*

麦暑し穂に刺されつゝめくるめく
昆虫の真昼ひそけく日あゆまず
しんかんたる夏野の呼吸正しけれ
黄に燃ゆる孤独地獄に耳きこえず

室内

なまぐさき梅雨雲朝のまゝ夕べ
爬虫類の夜となり読むとなきページ
紙の皮膚活字の蟻のあてどなし
行間の虚空に白き蝶満てり
精神《エスプリ》も思想《イデエ》も妖し梅雨降らず

＊

鰯雲バルーン疲れて黄のゆふべ

みなかみの橋の影絵に星ともる
からかねの獅子の体温冷めて夜

無職日記

門標の向日葵焦げて日に向かず
物いはぬ朝餐のパンは膝にこぼれ
働きにゆくとおもへる児と握手
図書館の薄き草履をひきずるよ
かなかなは遠ぞくふるき感傷と
ひつぎめく館をのがれ影を得たり
ゆふやけの尖塔伝書鳩《はと》の円心に
茶房あり鏡になかぬ鳥が棲む
ふりかへり嵐は妻に似たりあはれ

いへづとの虫が電車に鳴いたりき

Ⅰ　ひとり子病篤し

カンフルの香に酔ひ壁を墜つる灯餓
蝕ばめるちひさき身ぬち焔吐き
まみ赤き妻はも影とみじろがぬ
まなぞこに映るは父ぞ吾子生きよ

Ⅱ　子は入院妻は看護

ひとり聞くラヂオは秋のをさな唄
飯《いひ》こぼす子と離り住むゆふがれひ
眠らへぬ夜はよむ吾子の美《は》しき本
秋の夜の壁に見あかぬをさなき絵

Ⅲ　ひとりも愉し

朝々の秋ひとり居の麺麭を焼く
あきかぜに匂へりわれと磨く靴
秋の夜の時計動かぬまゝにある
地虫鳴くひとりし啖ふ梨むけば

＊

紙芝居草の黄ろき陽と去りぬ
日空さびゲンマイパンを買ふ子なし
猫が啼くヤサイフライにひともれば
柔肌のホットケーキにふとなごむ

子を見舞ふ

樹々ふるび市民病院の秋ふるび
絵を貼り看護婦室の白き夜

隔離室ともらぬ大き電燈《ランプ》垂り
子のゐがく柩車に黒き人坐せり
退院の子のカレンダア昏き灯に
子と母と子と母と病舎夜は寒き

ひとりぐらし

働かぬ日に馴れ南京豆を煎る
秋風を南京豆もきいてゐる
二つづゝ二つづゝ南京豆かなし
しらたまの南京豆を灯にかざす
秋の夜の南京豆は白すぎる
壁にむき南京豆のからと寝る

昭和十一年

戦死

工場を担架は糞のやうに出る
青服と担架にドブが離れない
担架ゆきひらひらガキの顔が飛ぶ
サイレンに担架ピクリと動いたか
ボロの旗天から垂れて日が暮れる

青子昇天

昇天せりてつぺん青きマストより
昇天せり霧笛のこだま手にすくひ
昇天せりつばさに潮の香をひそめ

昇天せり穢土には凡愚詩をつくる

木馬館今もあり

さむき夜のおんがく褪せて木馬館
木馬めぐり星辰まどにふるびたる
くらき人木馬と老いてうづくまる
のがれゆく木馬の影を影が追へる
とこしへの木馬の輪廻凍てゆける

悼横山夫人

天の星土の女人と冷えゆきぬ
生れいで母のいのちとかゞやけり
百合匂ひをさならの夢ひとつなる

星と或る家族

いやはての化粧《けはひ》まどべの星匂ふ
運りつゝ星座は寒き地を護る
ゆりかごの唄なき窓に星満つる
銀簪を発止と星のその響き
ひとつ星眼鏡にそへり煙草吸ふ

＊

満月できちがひどもは眠らない
月夜です閑雅な鳥は留守でした

妻は
一輪の造花と米を抱いてくる

僕は
盗汗ふくまつはる詩魔を悪みつゝ

絶対安静（『旗』における〈三章〉、「空港」における〈雪〉の初出形の1）

雪降れり妻いつしんに釘を打つ
小脳を冷しちひさき猫とゐる
水枕がばりと寒い海がある
盗汗ふくまつはる詩魔を悪みつゝ
不眠症魚はとほい海にゐる
汽笛とべり窓の乳白暁ちかき

礫刑の唄（前注、初出形の2）

小脳を冷しちひさき魚を見る
夕刊の来ぬ夜ましろき検温器
水枕ガバリと寒い海がある
仰向の礫刑あをく夜を燃ゆ

不眠症魚はとほい海にゐる

汽笛とべり窓の乳白朝遠き

レントゲン写真（『旗』における〈びつことなりぬ〉は、この一連の第四句）

肺臓

降る雪ぞ肺の影像《ヒルム》を幽らく透き

肋骨

雪つもる影像《ヒルム》の肋かぞふ間も

坐骨

骨の像こゞし男根消えてあはれ

北海

船めざめ月より蒼き日を航ける

流氷に酒をそそいで漁区に入る

氷霰の削りし頬に煙草染む

*

自動車みな黒し寒波の朝と行く
寒波なほちまたの犬とうろつけり

フロリダ報告書（『旗』における〈フロリダ〉の初出形）

ホールの灯晩春初夏の天に洩れ
舞踏場へ山王ホテル見つゝ曲る
機関銃いまなき闇に蛾のあまた
運転手地に群れタンゴ高階に
舞踏場のドアに外人ひるがへる
ヂヤズの階下《したた》帽子置場の少女なり
三階へ青きワルツをさかのぼる

胎動

ダイナモにつかうる男妻もてる
ダイナモの唸りに近く姙みし妻
胎動に鉄くさき手を触れしむる
生れくる子をダイナモに祈る男
ダイナモは轟き胎児うごめける

工場附属病院

梅雨降れり職工着物着て病める
工場医院女かならず児を負へり
工場医黙し尿《ハルン》を煮たぎらす
工場医白きマスクを投げ憩ふ
煙突の真下看護婦金魚飼ふ

看護婦の金魚痩せたり数すくなき

実弾射撃

機関銃夕ぐれもゆる八月の
煙草捨て唾吐き暑き射手となる
夏蝶を射ち富士山を射ち射てり
銃暑し顔うつこだま金色に
血を流す裾野の入り日兵帰る

井の頭公園

顔ちさきほろほろほろ鳥は夏孤り
我国の鴉を飼へり眼鏡拭く
市役所の使丁緬羊を刈れりけり
水族館男女があゆみ閑かなる

螢売る少年森の坂上に

晴れたり君よ

病懶の指わななとトマトもぐ

青トマト「晴れたり君よ」赤きトマト

トマト熟れ嬉しくてならず子と笑ふ

トマト喰ふトマト畑に山遠き

我も投げ子も投げトマト天に赤し

東京三よ

葡萄園の夏や見えざる汽車きこえ

葡萄園の女《め》と男《を》の童菓子を食む

葡萄園に葡萄をつくり妊みてし

葡萄園に夏を肥えたる京三と

リアリズムとは何ぞ葡萄酸つぱけれ

わが家族

静養期子と来て見れば汽車走る

肩とがり天の秋燕を妻と仰ぐ

秋ふかきちまたに犬の見えかくれ

野菜買ふ妻を待つなり子とわれは

おのが妻の兄と化《な》りひさし秋深む

暗き日（『旗』における〈暗き日〉三句に、この句を第四句に置いたものが初出原形）

議事堂を背に禁苑の兵を視る

昭和十二年

子の運動会

運動会跪踞とゐてわれは父
運動会子の先生に礼せんか
運動会子と妻とほくゐて語る
運動会花火あぐるは老いし人

病再び発しぬ。眠れぬ夜々わが胸を圧するはわが墓なり。

山の樹の青きを樵れよわが墓に
わが墓の草実る頃骨朽ちむ
山の雷わが墓に来てうちくだけ

巣窟

髭の紳士工場のへに病むひさし
家あひに空あり窓を明けて病む
昼ふかく体温表に煤《す》煙《す》まろぶ

白き書と病み工場の音と病み
職工群帰るを見んと窓に這ふ

大森山王附近（『旗』および「空港」における〈大森山王〉一連の第五句）

夕寒き墾地の馬を低く見る

＊

友婚り寒き二階に靴を置く
友の妻ひとの春着を縫ひはげむ
かへり見る友と新妻の愛《かな》しき灯

一句

うぐひすや働く人をわがおそれ

又

父と子の紙鳶ぶんぶんと唸りける

神崎縷々忌

縷々といふましろき人の忌日去り

誕生日ゆふべの硬き顔洗ふ

（『旗』および「空港」における〈誕生日〉の第三句をこの句と差替えたものが初出原形）

わが茅屋軍需工場の塀に対す

夏草も大煙突も夜明けたり

朝の雷老年工のゆく上に

少年工走れよ朝の驟雨くる

驟雨々々兵器部鉄を打ち鳴らし

少年工か驟雨に喇叭吹き習ふ

黒（『旗』における〈黒〉の初出形）

兵隊が征くまつ黒い汽車に乗り

黒い道喇叭鼓隊に灼け爛れ
僧を乗せしづかに黒い艦が出る
黒雲を雷が裂く夜のをんな達
真夜中の黒い電柱抱いて嘔く

*

青年と少女ましろし菓子をつくる

新聞街

霧ながれ自動車社旗を立て、待つ
号外屋酔へり運河に霧ながれ
『朝日』の窓昼光色の霧ながれ
屋上の朽ちし飛行機に霧ながれ
霧ながれ電光ニュースながれながれ

＊

夏暁の新聞ギギギと鳴らし来る
空中戦の新聞にほふ夏暁に
駅暑し市民黄服を着て叫ぶ
灼けし貨車老兵の帽あたらしき
銭欲しく街の熱風に舌を吐く
銭はどこにあるか夏日に鼻焦す
冷房に見えて正午の空黄なり
夏暁の子供よ縄をとび越える
冷房の朝千様の顔うごく
冷房に身を沈め恋ひ憎み恋ひ

今年の二科展

秋園の兵器異形の耳持てり
石階を傾き登る二科の幡《はた》へ
美校生めつむり二科の椅子にゐる
二科の午後瘦せし少女とまた並ぶ
二科の窓天幕の兵がどっと笑ふ

屋上園

屋上の卓に秋果と水とある
秋の午後屋上に少女その父と
秋風の屋上園に遊里の人も
秋天の気球をまもり若き男
十月の屋上に海を山を見る

＊

重爆機童子の怒り地に光る

夜霧　――銀座に近き常設画廊の前、数基の唐代石人佇立せり――

霧の街古き軍歌の顔酔へり

石人に遇へり夜霧の橋を渡り

石人を濡らし古唐の霧ならず

石人に西天の星霧がくれ

霧の街防弾チョッキわが買はず

昭和十三年

垂直降下《ヘルダイヴ》人体宙ニ噴カレ立ツ

敵空へ少年兵離陸速度百粁時

速力線射チツ、天ニ吊スレチガフ
老兵《ラオピン》と鴉びしよ濡れ樹の上に
竹林に老兵銭を鳴らしをる
老兵の銃口動くものに向く
老兵の弾子しづかに命中す
砲弾裂け老兵が無し晴れたる日
認識票あり泥濘を這ひ迷ふ
機関銃花ヨリ赤ク闇ニ咲ク
大鴉古き塹壕を覗き見る
塹壕に眼窩大きく残されし

昭和十四年

走る軍馬闇の蹄鉄火を発す
馬走る闇の銃火を前に後に
砲音の壁を撫で落ち女の手
軍票を油燈《ランプ》に透し女の眼
脳底の銃弾が機体と落下した
肩章や真鍮の数字拾はれた
戦場の空で天使や記者が泣いた
戦死記事の袋の中にみのる果実

陸軍記念日

三月十日老爺老婆に晴れ曇る
工場へ三月十日の寡婦その子
三月十日この日烈風寡婦の髪に

街角の三月十日老婆立つ

三月十日軍用列車わつと消ゆ

＊

武器商人の声なき笑富士の天に

武器商人の欠伸の顔が着陸す

武器商人酔はず造花の奥に奥に

昭和十五年

寒い橋を幾つ渡りしと数ふ女

五月の河

半身に五月烈しく河臭ふ

河暑し油と友の顔流る

河黒し暑き群集に友を見ず
暑き河に憤怒の唾を吐き又吐く
唾涸れ怒れる汗は黒き河に

昭和二十一年

夕風や毛虫たゆたふ道の上
奈良の道白しとあゆむ夜の梅雨
夜の塔あるべき方や栗の花
山の手に錨立ち錆び旱久し
朝の虹わが家の鳩を誰が唆ひし
ところてん濹東綺譚また読まむ
嵯峨の道蜥蜴は失せてわが残る

潦落葉空より地の底より
ゆきずりの老爺と眼と眼雁渡る
嚔《くさめ》また嚔や合の米ひかる
秋の梵鐘仰ぐや手紙まろめ捨て
魂迎ひそかに待てる魂ありて
鳴きしざりつつ空蟬とならぶ蟬
早星沼にはあらずわかれけり
夜の桃をひとの愛人指もてむく
奈良の坂暑しドラムを練習す

昭和二十二年

秋霖やシグナル色を変ふる音

耕すや没日つめたき地の果
冬耕の一人となりて金《こん》色《じき》に
百姓のゆまるや寒の土ひびく
山巓の野分の霧に男女かな

＊

蓑虫や蓑の中なる真暗闇
蓑虫の蓑の枯葉の枯れ極まる
蓑虫の蓑を引きずる音の夜
蓑虫の眠りの長さ夜の長さ
蓑虫を飼うて夫婦に非ざりけり

＊

秋祭終る太鼓をどんと打つ

*

煉炭を七つ束ねて花となす
煉炭の十二黒洞つらぬけり
煉炭の束を阿呍と持ち上ぐる
煉炭が夜蔭の其処にうづくまる
煉炭のある闇いつもざらざらす
煉炭が眠れる家に湯を鳴らす
煉炭の死灰がどさと捨てられる
寒清き天より鳶の逆落す

有名なる街

広島に月も星もなし地の硬さ
広島の夜蔭死にたる松立てり

広島や石橋白きのみの夜

広島や物を食ふ時口開く

広島の夜遠き声どつと笑ふ

広島が口紅黒き者立たす

広島に黒馬通り闇うごく

広島に林檎見しより息安し

＊

広島や卵食ふ時口ひらく

（前出「広島や物を食ふ時口開く」の改作）

二十一年送る風琴伸びちゞみ

寒清き天より鳶の逆落す

砂曇り沖に冬日の柱斜め

きりぎりす空腹感に点を打つ

炎天の女の墓石手に熱く

墓地を出て西日べたつく街に入る

書を売るは指切るごとし晩夏の坂

爪をもて蚤おしつぶし直ぐ忘る

ひげを剃り小さき畑を秋耕す

星闇のセロリ畑に手をわかつ

昭和二十三年

クリスマス貸間三畳の奇蹟なし

北風が額を打って余りに酷

わが寒星雲いでよ口開けて待つ

秋の街氷塊をぢかに子が嘗める
拳もて胸打つ猿の寒の暮
冬浜に老婆夜明けの火を燃やす
冬浜に犬の頭骨いつまである
木枯の海ごう〳〵と月光る
雨雲をつらぬく雲雀つひになし
立退きを約し寒水飲み下す
恋猫を捕へ立退かざるを得ず
夜の雪立退く家をつつみ降る
麦の芽を八方にして遂に許す
死が近し端より端へ枯野汽車
墓の群ぢりりりぢりりりと冬浪へ

海の鳥あそべり寒の墓の前
寒の墓夜も波濤を見つつ立つ
転生や一羽の鴉雪原に
雪山を黒め低めて雪降れり
雪原を長き汽笛をもて汚す
群集の中に父と子密着す
子は長身火星と共にわれを叱る
枯園に犬叱る胎に子を宿し
冬耕の棒の如きが噓とばす
憎みつつ編む漆黒の靴下を
断層の上下にありて耕せり
老婆来て耕人の数一つ増す

卒業す鼻をかむにも紅潮し
春眠の女にのそり恋の猫
蝌蚪の阿鼻叫喚今日の日沈むと
風白き貝塚過ぎて貝掘りに
貝掘るや遠き老婆と背を曲げて
指をもて貝掘るわざや沖深む
貝すくなしボクサーの如き蟹多し
海鳴りやカレーの貝はわが掘りし
誕生日眠れぬ貝が音を立つ
蛙田に蛙の祭日蝕下
泣く声共に嬰児死にたり柿青し
薪割る掛声秋の土動く

秋の蚊をつかみそこねし女の手
梅雨の地にめり込む杭を打ちに打つ
こがね虫胸にぶらさげ校正す
こがね虫愚なれば躊躇なく殺す
こがね虫百匹殺し眠りに落つ
生存すうどんを啜り汁を飲み
海中に農夫逆立ち直ぐ帰る
黙々と地下の群集汗を垂る
煙なき煙突林の闇と知る
豊年や電柱の身の真直ぐ立ち

故郷

岩山に今も岩切る音の冬

岩山の寒さ平地にラジオ唄ふ
岩山に赤き火を焚き岩焦す
岩山の冬の水もて米炊ぐ
岩山の岩をついばみ冬の鴉
岩山の蟻の強あご石を噛む

＊

夏黒き松に登るを女仰ぐ
蜩しかと交むを待ちて一撃す

昭和二十四年

寝台を鳴らし寝返り墓もなし
死者を夢み夜中の水に手をのばす

患者みな貧し千羽の紙の鶴
病廊を鼠逃がるる老婆の死
嬰児の死白衣を脱ぎて女医帰る
腐れし歯あまたを抜きて枯野帰る
寒き手や人の歯を抜き字を書かず
降る雪を背に雪を這ふ亀なりき
貧弱なるキヤラメル孔雀地の果に
男のみ酔へり春林に日が沈む
颱風の街に血色の肉のみ売る
昇汞水桃色にわが手枯色に

昭和二十五年

振り上ぐる鍬を北風来ては砥ぐ
北風に愛されて眼に水たまる
年齢なし初発電車にわがひとり
浴槽にめつむるあまた歯を抜き来て
向日葵を折らじと鉄の棒を添ゆ
夜の崖の大きさ暗さ虫絶えて
しゆう〳〵と鉋屑大工透き通る
何の花火犬もあるけば税に当る
眼を以って犯すや電車急行す

昭和二十六年

凧いろいろ

百姓が揚げて手製の凧唸る
泥雲の一所明るし凧若し
凧踊る雲天深く飛行音
屋上に病者の凧の糸短かし
夜半の雨電線の凧溶けたりや
足垂るる電工に雲雀声注ぐ
友とわれ大向日葵の種欲しがる
泥炭の怒る流に梅雨細し
硬山のわらび短し坑夫の妻

毛虫身を反らす半太陽が出る
騒ぎ翔つ鴉しづもる大新樹
レール打つ裸梅雨雲切れはじむ
満月の荒野ますぐに犬の恋
大旱のきりぎし海へ砂こぼす
海が打揚げしもの焚く熱砂の上
旱り坂牛の図体登り切る
樫若芽天地旱りの声なき中
西日の中輝く塩を買ひて来し
月も旱り鎖の端の犬放つ
戸を閉めて寝る干梅の力満つ
メーデーの旗を青嶺の下に振る

うつうつと黄砂降る夜の熔鉱爐
男が剪りて持つ九州の鬼あざみ
潰れし夜明けゆく岬松の芯
麦秋や帽燈弱く集ひ来る
東京のホテルがゆがみ冬日ゆがむ

昭和二十七年

河に水満ちて流れて年あたらし
初日さす童女に犬の従へり
凧の糸手を離れたる子の叫び
松過ぎの雨電線の凧溶かす
阿呆富みて春は明るく健康に

手を挙げて去るを氷霰うち砕く
あかつきの牛の声幅麦伸びる
寒明けの怒濤つらぬき舟一艘
荒る丶濤海堡に荒れて春日照る
春の雷床下に野良犬と仔と
貯炭場の細き真黒き春雨なり
頭の上にひよどり叫ぶ冬経て春
春山の胎内へ汽車もぐり込む
同じ羽色音色に雀強き春
たんぽ丶の上雲中をばり〳〵航《ゆ》く
嵐の麦生の切れてつながる唄恃む
春の嵐枝折れ飛んで墓を打つ

春の夕日生殖断ちし家つつむ

春月よそに音と鋼鉄地に打ち込む

飛行路の真下真夜中コップの薔薇

出勤簿ひらくデフォルメ金魚の前

蠅叩き交《つ》尾《る》みしを打ちまた休む

あかつきの雷にめざめて力待つ

昼の虫職場のうらに鉄古び

日曜日黄なる火を焚く菓子を手に

柿を食ふ真顔見てゐし夜の鏡

踊りの輪切れて崩れて雨はげし

脛黒き漁師の音頭荒るゝ海

盆も終りの踊りの太鼓打ちやめし

荒海によべの踊りの唄もなし

鮪抱く踊りの白き顔のまゝ

昭和二十八年

種子を送り呉れし不死男へ

朝顔を播き崖上の天仰ぐ

北陸

早苗挿す日本の背骨の田にかがみ

日本海ほそき夕焼のせて鳴る

北国のやさしき西日前《まえ》身《み》染めし

梅雨鴉わめきておたまじやくし散る

梅雨晴れ間をんな傾きくしけづる

ひとの子負ひ岩よづ罪の汗垂れて
岩山のてつぺんラムネの玉躍る

内灘近し

明日より試射馬鈴薯の花に蝶舞へり
雄を食ひ終へしかまきり踏みつぶす
鯉うねり池の夏雲成りがたし

昭和二十九年

枝々に炎ゆる寒星子守唄
世の寒さ傘の柄なれど握り締む
観光船の音楽よごれ春夕べ
病院の春雨鯨《くじら》肉嚙み悩み

露の草抜き来て政の字に嘔き気
蟻の道踏む毛だらけの長脛嚙め
雀の子裸で梅雨の溝流る
植ゑし田に映り最も父小さし

昭和三十年

秋山にバタなき麵麭を裂き分つ
秋山の石曳く蟻に声あらば
みどり子を深き落葉の眠らしめ
鶏頭の十字架の数《かず》月照らす
光るもの遠く小さし稲を刈る
朝日やはらか藁塚作る禿頭

廻診終りたり秋の蚊を吹き払ひ
火を焚きて病院裏の土焦がす
つぎはぎの診療着園枯る丶中
枯木生く英字の名札釘打たれ
雲に毒刈田に燃えて火が怒る
白む五時駅の寒さに水を打つ
廻る寒し子の作品の地球儀は
百人の安静時間雪しづく
風雪の混凝土の中産湯沸く
雪空に火噴く煙突一本あり
雨に毒抜け毛を木の葉髪などと
薔薇展の造花と人形生きつ丶みる

天地太古の暑さ泉の罇若し
老斑の手を差し入れて泉犯す
露の薔薇頭上の道を人が踏む
向日葵の金の傲岸ちよんぎり挿す
針金となり炎天のみゝず死す
炎天に充ち満つ法華太鼓の孤
炎天の暗き小家に琴の唄

昭和三十一年

枯園に噴水立ち中学生走る
公園の冬薔薇たは、「入るべからず」
種牛や腹に五月の土蹴上げ

月光を入れてピアノの第一音
木の実落ちさだまる城の石段に
肥後乙女まなこ黒々マスク白し

昭和三十二年

冬霞江東の馬消えてゆく
木枯の一夜明けたる道白し
冬耕の馬より低く入日炎ゆ
華やかな木枯夜富士吹きとがる
道ありて帰る冬満月正面に
ひとの子の紙鳶をさゝげて初浜に
正月の岩壁蔦の朱一枚

高岡城跡

大寒の小石かゞやき城古りぬ

枯蓮の夕べ秒針すこやかに

紅顔や石崖の根に雪のこり

松さかしま寒城の水鋼《はがね》なす

＊

寒林を透りて誰を呼ぶ声ぞ

伊豆五月声の鴉も古き友

海女の火の煙一炷蠅つるむ

海南風父母漕ぎて子が唄ふ

淀城跡

梅雨明けの城の古石個々息吹く

濠の水減りし白線みづすまし
城の樹に蟬鳴き澄めり京近し
遠雷や競馬に敗けて電車待つ
夏山へ古城へ双の鳶別れ
天の園花火の上に星咲ける

昭和三十三年

大魚跳ね彼方初富士ひゞきけり
紅梅や鋸ためす一指弾
春昼の生ける剝製となりて鰐
亡霊の外燈ともり朝ざくら
子が泣けば干潟いよいよ露はるる

断層の目盛りがありて麦伸びる
因業が健康の素麦を刈る
因業の鉄の手足や麦を刈る
汝が舅言葉あたたかいわし雲

昭和三十四年

鷹を売り獅子売る都会火星燃ゆ
速い汽艇修学旅行満載し
敗戦の日の外寝人個々独り

昭和三十五年

ひこばえの油光りを嚙みつ吐きつ

夏濤に四通八達漁夫の路

岡山県湯原温泉――ここでは磧湯を砂湯という――

夏の谷尊き砂湯はさみ守る
太陽涼し足もと濯ぐ女達
河鹿の瀬とぼしくダムの壁高し
螢火を仰ぎ砂湯にひそまれる
砂湯出て女体ほのめく天の川

南伊豆下賀茂温泉

老鶯や朝もやとなる湯の煙
しんかんたる湯疲れ光る青とかげ
海南風熱帯植物園鬱と
巌窟の泉水増やす一滴音

老いの手の線香花火山犬吠え
甘藷刺すごとく少年、党首刺せり
星赤し暗殺団の野分浪
うちそとに虫の音満ちて家消えぬ
いわし雲折れきらきら波女一人
美《よ》き踵に水来てわかれ秋の渚

昭和三十六年

網干して砂が畳の冬の浜
暴落や七階建に冬の鼠
煖房や千の社員等胸に名札
寒雷が滝のごとくに裸身打つ

睡蓮にひそみし緋鯉恋いわたる

自句自解

水枕ガバリと寒い海がある

昭和十年の作。海に近い大森の家。肺浸潤の熱にうなされていた。家人や友達の憂色によって、病軽からぬことを知ると、死の影が寒々とした海となって迫った。

熱ひそかなり空中に蠅つるむ

同年初夏の作。寝かされた石地蔵のような絶対安静。いつもかすかに熱があった。「空中」というのは大げさだが動けない者にとっては三尺上も「空中」であった。

熱さらず遠き花火は遠く咲け

同じ頃の作。いつまで経っても抜けない熱に飽き飽きしていた。夏祭の花火の音が時々聞えて来た。勝手にしろと思いながらもなつかしかった。

静養期子と来てみれば汽車走る

大分快復して少しずつ歩いてもよくなった。小学校一年生の子が長患いの父に汽車を見せたがった。黒い柵の間に顔をはさんで待っていると、其頃新製の流線型汽缶車がダッシュして通った。その強さはこたえた。

右の眼に大河左の眼に騎兵

多摩川の土堤で作った。土堤の右を川が流れ、左を騎兵の列が来た。私だけが動かず、川も騎兵も流れて行った。

白馬を少女瀆れて下りにけむ

代々木乗馬会で作った。後年「白馬」を白馬岳と解した人が出て来たには驚いた。或る女子医専の学生は、この白馬を裸馬と解したと聞いた。これには作者が感心した。昭和十一年の作。

汽車と女ゆきて月蝕はじまりぬ

東京駅。遠い国へ帰る女を送りに行った時の作。汽車が女を持って行った後直ぐ月蝕が始まったのは、あまりにおあつらえ向きで気がささないこともない。

手品師の指いきいきと地下の街

日本劇場地下街。手品師がトランプをあやつっていた。その地下街から出て数時間の間は頭の中で手品師の指がヒラヒラして落付かなかったが、この句が出来てやっと落付いた。

黒蝶のめぐる銅像夕せまり

上野公園西郷銅像。時は初夏。但し蝶は居なかった。即ちウソである。その頃私は俳句は上手にウソをつけば、ウソでもいいと考えていた。昭和三十二年の今は、俳句でウソを云うことは非凡な才能を要することを知り、自分の乏しき才能を歎いている。

算術の少年しのび泣けり夏

愚息は父に似て数学的頭脳を持っていない。宿題が出来ないで一人シクシク泣く。それは哀れであるし、父から見れば気の毒でもあった。この句は形が奇異なため当時の新興俳壇でよくサンプルに使われた。

緑蔭に三人の老婆わらへりき

井の頭公園の作。眼まいがする位明るい公園の一角に、真暗な樹影があり、そこで老婆が三人声を合せて笑った。この三人の三と云う数は、天が定めた数である。

をしていた。

夏暁の子供よ土に馬を描き

ナツアケと読む。所は大森。家の前。当時は新しい季節感情を俳句に持ち込む苦労をしていた。

葡萄あまししづかに友の死をいかる

「友」は篠原鳳作。手紙だけの友であったが、彼の突然の死は、新しい俳句を打立てようとして一生懸命だった私には強い衝動を与えた。悲しむよりはむしろ腹立たしかった。

別れ来て栗焼く顔をほてらする

考えてみると私は、この句を作ってから其後の十何年、栗を焼いて食ったことがない。女には其後も度々別れたが。

道化出でただにあゆめり子が笑ふ

東京芝浦。ハーゲンベック曲馬団。この時「笑」の句ばかり三句作った。三種の「笑」を詠いたかったのだ。

道化師や大いに笑ふ馬より落ち

前句と同じ時、同じ所。馬から鋸屑《のこぎりくず》の上に落ちた大きな独逸人《ドイツ》の道化。ドサリと云う音を覚えている。

大辻司郎象の芸当見て笑ふ

象の芸当と云ったところで、碁盤乗りか、喇叭《ラッパ》をブーと鳴らす位のものだが、それを見た多くの観衆の中で、最も笑ったのは大辻司郎であった。あの奇妙な声で。

操縦士犬と枯草馳けまろぶ

羽田飛行場。その時は犬の影だに無かったが、俳句が出来てみるとワンワン吠えながら馳《か》けていた。

冬天を降り来て鉄の椅子にあり

前句と同じ時と所。高い高い空から下りて来た青年が、ピカピカ光るスチールパイプの椅子に掛けていた。後光がさす位サッソウとしていた。

空港の硝子の部屋につめたき手

当時の羽田飛行場の建物は海に向って全部硝子《ガラス》張りであった。水族館のように。

ピアノ鳴りあなた聖なる日と冬木

静養期の作。「大森山王」と前書した一聯《いちれん》の中の句。病後の精神は清らかなものを求め楽しんだらしい。

冬日地に燻り犬共疾走す

おなじ山王の広大な空地。冬の太陽が一握りの火を地平線に燃し、数匹の犬がその前を狂い走っていた。

哭く女窓の寒潮縞をなし

以下三句と共に鎌倉海岸ホテルで作った。短篇小説じみて気がさすが、自分のこととなると、どうしてもべたつく。この後も時々同じ作風のものがある。

冬鷗黒き帽子の上に鳴く

黒い帽子の下の顔は多分暗澹《あんたん》たるものであったろう。海も暗かった。

冬園に哭けり十箇の爪光る

顔を覆った十本の指の、十枚の爪が光る。そればかり見ていた。どうしていいか判らなかった。

絶壁に寒き男女の顔ならぶ

「寒き男女」と人ごとのように云うことで、その時の自分をやっと俳句に作り得たのだった。

王《ワン》氏の窓旗日の街がどんよりと

日支事変始まる一年前。留日学生王秋元《ワンチユウワン》氏の仮寓に於て作った。折柄招魂社の祭日、花火が鳴り、編隊機が通った。王氏の顔色をうかがうような句になっている。

厖大なる王《ワン》氏の昼寝端午の日

五月五日で端午の日であった。北支から渡来した長身肥満の王氏は誇張していうと鯨のように寝そべってぐうぐう昼寝をむさぼっていた。

誕生日あかつきの雷顔の上に

五月十五日は私の誕生日。同じ日に犬養毅《つよし》が殺されている。この句の出来た頃（昭和十一年頃）は不安と焦燥の連続した世相であった。

昇降機しづかに雷の夜を昇る

新大阪ホテルで雷雨の夜作った。気象の異変と機械の静粛との関係を詠いたかっただけだ。

冷房の時計時計の時おなじ

銀座の百貨店で作った。青い林檎を一つ買ったのを覚えている。

空港なりライタア処女の手にともる

見送りに来た女の手にパチンと鳴るライタア。私の恋人であった。後年死んで了《しま》った。

機の車輪冬海の天に廻り止む

旅客機が離陸する瞬間、枯れた大地が猛烈な勢で後に流れる。地上に廻転した車輪が空中でまだ廻っている。やがて静かに停止する。この車輪には枯草がくっついていた。

　枯原を追へるわが機の影を愛す

前句に並ぶ群作。旅客機の窓から下を見ると、自分の機影が山や谷の凹凸を懸命に追って来る。飼主の口笛を追う犬のように。

　恋ふ寒し身は雪嶺の天に浮き

名古屋を過ぎ鈴鹿連山の上空。雪山。空中に身を浮べても恋情は地上と同じに寒々と燃えていた。

　湖畔亭にヘヤピンこぼれ雷匂ふ

信州の山の湖。毎日五龍の頂上の三角を見て暮した。後につづく四句も同じ時（昭和十三年）の作。

　仰ぐ顔暗し青栗宙にある

栗の木の下を通る。青い栗は木の枝に女の顔は木の下に。暗いのは男女の顔ばかりではない。

暗き湖《うみ》のわれらに岸は星祭

小舟に乗って湖の真中にいると、夜の真中に取残されているようだった。岸と小舟との距離が我等と世間との距離だった。

夜の湖《うみ》ああ白い手に燐寸の火

深いまっくらな夜の湖。シュッと燐寸《マッチ》をする音。白い手が咲いた。

顔まるき寡婦の曇天旗に満つ

路次の戦争後家。人々が旗を持って来て路次の空をうずめた。いつもはおしめが埋める空を。

雷と花帰りし兵にわが訊かず

卓の上の花は赤かったろう。雷光が切り裂く夜は暗かったろう。私も帰って来た兵隊もとかく言葉少なかった。

月夜少女小公園の木の股に

芝区田村町の小公園。大きな月を脊《せ》にして、木の股に腰かけて、クックとわらうお転婆なお嬢さん。

寒き窓きちがひ少女失はず

兵庫県立精神病院勤務の静塔《せいとう》を訪れた時の作。朝から晩まで直立して窓の外の一点をみつめるきちがいの少女。失うべきものを失うことなき少女。

地下室の鯉黒し見つゝ憂き男女

銀座伊東屋の地下室レストラン。タイル張りの池に鯉が泳いでいた。それを見ながら二人とも浮かぬ顔をしていた。黒い鯉であった。

処女の背に雪降り硝子夜となる

日比谷に近い喫茶室。雪の日の昼と夜との間の時間は、雪と一緒に降り積った。熱い茶を飲むお嬢さん。

寒夜明るし別れて少女馳け出だす

満月で明るいから尚寒かった。わかれの手を振って自分の家に馳け出す少女。

滝の前処女青蜜柑吸ひ吸へといふ

神戸布引《ぬのびき》の滝。（今でもある）滝の前で食べる青い蜜柑《みかん》は恐ろしく酸っぱかった。しかし綺麗な指がむいて呉《く》れる果物は酸っぱい位は我慢しなければならない。

訓練空襲しかし月夜の指を愛す

神戸山手の富士ホテルの露台。空襲の演習が始まった頃。まだ旅行者はのんびり露台で見物出来た頃。月光に染った女の指に感歎する余裕のあった頃。

春のホテル夜間飛行に唇《くち》離る

昭和十四年鎌倉で作った。生あたたかい夜の芝生の上で二つに離れた影があった。頭の上を翼端にランプをつけた飛行機が通った。「唇離る」は多分そうだろうという想像。

河黒し暑き群集に友を見ず

昭和十五年初夏の作。京橋の堀割。弾圧が始まり俳句の友達がさらわれた。肺が悪くて残った私もやがて同じようにさらわれた。この句は私の番が来るまでの焦燥のうちに作られた。
この句から次の「国飢えたり」までに五年間の空白がある。その空白に戦争があった。その間検事との約束を守って私は俳句を作らなかったのだ。

国飢えたりわれも立ち見る冬の虹

昭和二十年暮。独り移り住んでいた神戸で作った。敗戦のため俳句を作り発表出来るようになったが、五年間俳句で物を云わなかった私は、舌がこわばって当分はろれつが廻らなかった。それを矯正するため写生という方法を採った。

寒燈の一つ一つよ国敗れ

燈火を禁じられていた神戸の街が敗戦後一斉に点燈した。然《しか》し点け得たのは山の手に残った一並びの家だけだった。その中に私の家もあった。大層感傷的な燈火だった。

降る雪の薄ら明りに夜の旗

一月一日と云う題。昭和二十一年元日の夜、出し忘れた国旗を見て作った。国民的感傷というものだろう。

中年や独語おどろく冬の坂

神戸には坂が多い。街が海に向って傾斜していて下りは下りばかり、上りは上りばかりだ。この句は坂を上るところだが、そんなことは他人には通じない。

志賀直哉あゆみし道の蝸牛

奈良高畑《たかばたけ》。尊敬する小説家の旧居の前の路は雨上りでしっとりと濡れて居た。路のまん中を蝸牛《かたつむり》が角を出して歩いていた。見逃すわけにはゆかない。

おそるべき君等の乳房夏来る

薄いブラウスに盛り上った豊かな乳房は、見まいと思っても見ないで居られない。彼女等はそれを知っていて誇示する。彼女等は知らなくても万物の創造者が誇示せしめる。

梅雨ふかしいづれ吾妹《わぎも》と呼び難く

「いづれ」は「いづれも」の意。「呼び難く」は「呼ぶに価せず」の意。「吾妹」は勿論「恋人」の意。

恋猫と語る女は憎むべし

男と女とは何もかも呆れる程違う。男類と女類とは単に相似の動物に過ぎない。恋猫を抱いて話している女は眼前に在って千里も先に居る。女はそれを知っていてそう云う方法で挑戦する。

女の手に空蟬くだけゆきにけり

乾燥した美しい蟬の抜殻が女のてのひらに乗っていたが、あっというまにこなごなにくだけてしまった。何が気に入らないのか。

中年や遠くみのれる夜の桃

中年というのは凡そ何歳から何歳までをいうのか知らないが、一日の時間でいえば午後四時頃だ。そういう男の夜の感情に豊かな桃が現れた。遠い所の木の枝に。生毛のはえた桃色の桃の実が。

女立たせてゆまるや赤き旱星

婦人の前で、しかも戸外で放尿するのは礼儀にそむく行為である。この非難すべき男が、その時の私には妙に羨しかった。女の人も楚々《そそ》としていた。

朝の飢ラジオの琴の絶えしより

その頃の混迷の中で空腹だけが真実だった。夜が明けても食物は無かった。私の住む神戸市は遂に糠《ぬか》を食えといって配給した。ラジオからは琴の古曲が流れ出た。

穀象の群を天より見るごとく

無数の穀象が板の間を急ぐ。彼等には走る能力がない。同じ歩幅でザハザハと暗い方へ暗い方へと急ぐ。象と同じ姿態をした極小の虫をかがんで見ていると、天空から地上を見下しているようだった。

穀象の一匹だにも振り向かず

穀象の志向するものは暗黒である。彼等を追い立てるものは光明である。彼等の首は固定しているのか絶対に後を顧みない。ひたすらに暗黒に流れ込む。

穀象と生れしものを見つつ憂し

人間に生れてまあよかったと云うのではない。人間と穀象に何程の差があるか。

飢えてみな親しや野分遠くより

颱風《たいふう》が刻々街に迫っていた。その街を空腹の市民達がゾロゾロ歩いていた。空腹という共通点のため親近を感じるのは露骨だけれど事実だった。

狂院をめぐりて暗き盆踊

京都市外の精神病院、周囲の暗い辻々では盆踊と称して男や女が手拭をかぶって夜更けまで踊っていた。病院の内にも外にも精神のバランスの狂った人達が踊っていた。敗戦の翌年であった。

男女良夜の水をとび越えし

奈良飛火野《とびひの》。時は仲秋。「男女」は「をとこ、をんな」と読む。史的な満月を映した溝を、男と女がとび越えると、その影もおなじようにとび越えた。

青柿の堅さ女の手に据る

何のために未熟の柿を女が持っていたのか知らない。又何のためにそれを手のひらに乗せて眺めて居たのかも知らない。ただ堅い青柿が女の掌に完全に安定していることを知っただけだ。

みな大きな袋を負へり雁渡る

神戸駅。全国どこの駅でも同じであろう。大きな袋を負った人々が満ち満ちていた。多分食物がはいっているのであろう。私は何物かに腹を立てた。そう云う人達の上を雁が文字通り雁行して行った。

老年や月下の森に面の舞

奈良春日神社仲秋神事能。満月の光は森の表面を輝かしたが、その底は真っくらであった。石の舞台。七十何歳の老人が美しい女神の面を被って、しずしずと舞った。

舞の面われに向くとき秋の夜

時と所前と同じ。突き刺すような気持で能面を追い求めていた私に、一瞬その面がピタリと私に向いた。戦慄が私を走った。秋の夜だった。

簑虫の簑を引きづる音の夜

枝からぶら下った簑虫《みのむし》を捕えて飼ってみた。燈火の下で見ると卓子の上の虫は、簑の中から顔を出して、顔の横から爪の生えた手を出して、少しずつ這った。

枯蓮のうごく時来てみなうごく

奈良薬師寺の小さな蓮池。沢山の枯蓮が首の所から折れてうなだれた姿はカトリックの尼僧のようだ。何に向って何を祈るのか判らない。あるかなきかの風に、そのうなだれた頭が一斉にフラフラフラフラ動き出した。

露人ワシコフ叫びて石榴打ち落す

ワシコフ氏は私の隣人。氏の庭園は私の家の二階から丸見えである。商売は不明。年齢は五十六・七歳。赤ら顔の肥満した白系露人で、日本人の妻君が肺病で死んでからは独り暮しをしている。

煉炭のある闇いつもざら〳〵す

私は明治時代に建てられた、化物屋敷のような西洋館に住んでいる。厨房の隅に積んだ煉炭は、夜になると暗闇の中でシーンと静まり返っている。

百姓のゆまるや寒の土ひびく

敗戦後の農夫はガルガンチュワの如く強大である。全べてが衰弱した中にあって小山のように思われる。彼が已れの土の上に立ちはだかって、捻りつつなす多量の排尿は、凍った土を棒の如くに打つ。

　柿むく手母のごとくに柿をむく

或夜女が黙って柿をむいていた。この女は凡そ母性型に遠いのだが、その手は果物の追憶のために、私の母のように見えた。

　鵙《もず》の声豆腐にひびくそれを切る

鵙の鋭利な声が、大気を透り壁を透り、厨房の一箇の豆腐に突きささる。女は平然としてそれを切っていた。

　月光の霧に電燈光卑し

或夜目が覚めた。硝子戸の外は海から流れて来た牛乳のような霧が充満していた。晩秋の月光が霧を乳白に染めていた。その高貴な霧の一ところ街燈の周囲だけが、みじめな赤褐色に染まっていた。

冬浜に沖を見る子のいつかなし

四日市市天ケ須賀《あまがすか》海岸。誓子《せいし》先生と話しながら得た句。十歳位の小学生が浜に立って沖に向いていたが、二度目に見た時には忽然として消えていた。それだけのことだ。

あからさまに蜜柑をちぎり且啖ふ

和歌山の蜜柑山。同行四人。街で買うと一箇五円位の蜜柑を、自由に取って食えと云われた時は、大いに嬉しかった。「べからず」ばかりの世の中に小さく卑屈になっていたのだ。

蠛《まくなぎ》の阿鼻叫喚をふりかぶる

門の傍に楠が一本立っていてそれに添って地上十尺位の所にいつもまくなぎがかたまって猛烈に上下していた。その微小な虫共は全く狂っていた。然し彼等が生命を持っていることは疑えない。生命を持つものの大叫喚が聞こえないのは人間の耳が不完全だからだ。

嚔《くさめ》また嚔や合《ごう》の米ひかる

配給はひどかった。何を食えばいいのか判らなかった。たまに手にはいる僅かの米は光りかがやいて見えた。莫迦《ばか》々々しくてくさめばかり飛び出た。

凍天へ脚ふみそらし裸の鶏

闇市には何でもあった。毛をむしられた鶏が二三十羽ひっくり返って脚を突き出していた。寒い空に小さな太陽がブルブルふるえていた。

玻璃窓を鳥ゆがみゆく年の暮

昭和二十一年が暮れようとしていた。誰も逝く年を惜む者はなかった。何も角《か》もひん曲っていた。

火事赤し一つの強き星の下

家の直ぐ近くに火事があった。戦火に焼け残った一角の火事は実に赤かった。その上の強烈な意志のような星。

赤き火事哄笑せしが今日黒し

白昼の焼跡位無惨なものはない。あんなに真赤なものが数時間でこんなに真黒になるのは——その表情の変化は驚くべきものであった。

大寒や転びて双《もろ》手突く悲しさ

大寒のカチカチの中に生きて居るのは実に悲しい。坂で転んで両手を突いている自分に気がつくのは——これは悲しさを通り越していた。

われら滅びつゝあり雪は天に満つ

敗戦以後日本は改めて急速に滅び初めた。天に満ち満ちた雪はやがてそのような日本と日本人を降りかくした。

限りなく降る雪何をもたらすや

後から後から無限に降りつづける雪。見ているうちに気が遠くなる。何かが私の心に降って来る。それが何であるか無限に考える私。無限に降る雪。

大寒の松を父とし歩み寄る

中年になると誰でも私のように死んだ父母が恋しいものなのか？　大寒の候ともなれば誰でも私のように悲しいものなのか？

凍る沼に我も映れるかと覗く

奈良。空も樹も沼も凍りついていた。私の心情も凍りついて居た。氷結した沼の岸から身をのり出して、恐る恐る沼面を覗いて見た。凍った空や樹と共に私も映って居るであろうかと。

沖遠しかゞみて寒き貝を掘る

横浜根岸海岸の干潟。小さなザルに掘集める貝は、売るのであろうか食うのであろうか。原始時代と同じようにきょうも人は干潟に出て寒々と貝を掘っている。

紅梅を去るや不幸に真向ひて

東京府下南多摩郡鶴川村、三谷昭《みたにあきら》の家を去らんとして得たる句。家庭というものを私は持たない。

春の馬よぎれば焦土また展く

焼跡の交叉点で馬が私の直ぐ前を芝居の幕を引くように通った。茶色の馬の長い胴体が通り終ると——また元の通りの焼跡が遠く展開した。こんな大きな馬に会ったことは曾てない。

黒蝶は何の天使ぞ誕生日

誕生日といっても最早祝祭の気持はない。誰を待ち設ける気持もない。相変らずの一人暮しだ。偶々の訪問者は真黒い蝶だった。

広島の夜陰死にたる松立てり

用件を持って江田島《えたじま》に渡った帰路、夜、戦後の広島に下り立った。白く骨立《こつりつ》した松の幹に私は広島の姿をみた。

広島や卵食ふ時口ひらく

未だに嗚咽《おえつ》する夜の街。旅人の口は固く結ばれていた。うでてつるつるした卵を食う時だけ、その大きさだけの口を開けた。

広島や林檎見しより息安し

粉砕された街。夜は尚更黒と白と灰色。その中の露店で紅い果物を見た時初めて呼吸が楽になった。次の汽車に乗ってそこを去った。

後記

この集には戦前から五十句、戦後から五十句選び出した。実際選んでみると生易しいことではなかった。戦後（ママ）の五十句は私の好きな句を選び得たが、戦後の五十句は日が浅いので、ほんとうに好きかどうかまだよく判らない。まだ十年位は俳句が作れるだろう。それまでにはもう一冊位百句選が出せるかどうか。

昭和二十二年盛夏

東上の車中にて　三鬼

（昭和二十三年九月十日刊『三鬼百句』）

初学の人々のために、自句を自解してほしいという編集部のたのみです。ところがこの自句自解ということは読む人はともかくとして、書く方、つまり自分の句をばらばらに解きほぐしてごらんに入れる私の方は実におもしろくないのです。それというのも、一つの俳句が成るまでには、作者はその句を表現したくなった感動を見極め、感動につきまとう、不要のものを消し去らねばなりません。つまり感動という答を出すために、引き算をするわけです。別の言葉でいえば凝縮させるわけです。

勿論これは俳句という詩型が短いから、必然的にこうなるので、この「俳句は短いから凝縮する」ことは、俳句の強味であります。

こうして、作者は強靭な俳句を作るために心肝をくだいて無駄をはぶき、煮つまったものだけを言葉で現したのですが、自句自解というのは、その筋道を逆にたどってみせてくれということです。折角煮つめて強靭にした句に、水を加えてどろどろに薄めてみてくれということです。作者が喜ぶ筈がありません。

愚痴はこの位にして、戦後の私の俳句を解説してみましょう。

中年や独語おどろく冬の坂

意味「中年の男が、ある冬の日に、坂道をあがりながら、ふと自分の口を洩れている独り言に気がついて驚いた」

中年というのは四十歳位でしょう。この場合は作者すなわち私です。敗戦直後のある寒い日に、神戸の坂道を上っていました。神戸という街は、山脈が海に沿って走っていて、そのためむやみに坂のある海港です。息が切れるというほどでなくても、青年のようにノッシノッシとは上れません。まして人生の午後にさしかかって、今後何をして食ってゆけばいいか判りませんし、養わねばならぬ家族もあるのです。全く不安が洋服を着て坂道をのぼっている姿です。その私が、時々何か独り言をつぶやいていたのです。本人は気がつかないのに、きれぎれの言葉がひとりでに口から洩れていたのです。それは必ずしも呪咀《じゅそ》の言葉ではないのですが、希望の言葉でない事は確です。私はその独語にハッと驚き、同時に中年男の私をつくづく見たのです。

飢ゑてみな親しや野分遠くより

意味「誰も彼も同じように空腹を感じていることで同類の親しみを感じている。その頃颱風が遠くの方から追って来つつある」

これも敗戦直後の作です。国民の全べてが、一度にドサッと敗戦国民になって、急に同類の感じが強くなりました。その上、貧富の別なく食物が乏しくて、配給された牛馬の飼料を呑み込んでいました。

誰も彼も腹が減っているのです。その事は自分の腹工合から推察が出来るのです。同じように戦にやぶれ、同じように腹が減っている人々。そういう人々が日本中に満ち満ちたのですが、私は私以外の人も飢えているという事に、強い親近の感じをもったのです。そして、他の人も私と同じ感じだろうと思ったのです。折柄颱風の時季で、大小の颱風が次々に遠い南から押し寄せて来ました。飢え疲れ、家なき我等にも、自然は仮借ないのでした。

枯蓮のうごく時きてみなうごく

意味「静止している枯蓮に、うごく時が風と共に来て、みな一斉にうごき出した」

戦争の後の空腹は肉体ばかりではなく、心も飢えていました。この頃、東京から神戸まで訪ねてくれた秋元不死男と、奈良の薬師寺や唐招提寺をおとずれて、二千年前の日本の美を見ることで、渇いた心にうるおいを与えたのですが、この句は薬師寺の池で出来たものです。あの池は道の左右にある小さな池ですが、折から晩秋で、蓮がことごとく枯れ果て、枯れたまま池の中に無数につっ立っていました。枯れて破れた蓮の葉は修道尼のかぶりもののように見え、枯蓮の一本々々はうつむいて悲歎に堪えている人間に見えて来るのでした。数百万の人間を死なせた戦争の直ぐあとですから、私にそう見えたのも当然でしょう。その枯蓮はじっと立ったまま、微動だにしなかったのですが、木立を通ったかすかな秋風に触れると、一斉にフラフラとかぶりものが揺れうごいたのです。「うごく時が来たのだ」と私は思いました。悲しみの祈りに凍結していたものが、祈りを解いてうごき出したように見えました。

この句は、私の戦前の作風を全く転換させる機縁になりました。一句のために、一時間も池の端に立って凝視したのは、私にとって初めての事でした。

大　寒　や　転　び　て　諸　手　つ　く　悲　し　さ

意味「大寒の土の上に転んで両手をついた。その事が無性に悲しかった」

これも戦後間もない時の作です。前の「中年や独語おどろく冬の坂」と同じ系列の句です。身心共に疲れた中年男が、大寒のある夜つまずきころんで、硬い大地に両手をついて蛙のような姿をした時思わず「悲しや」と感じたのです。私は元来「悲し」「うれし」という言葉を俳句で使うことを極端に避けているのですが、この時のこの感情は「悲しさ」というより他しかたがありませんでした。

「枯蓮」の句とちがって、この句は立ち上った刹那に出来ていました。そして「しめた」と思いました。それは私の作句方法が、いつも感動を刹那に言葉で吐き出すというようなものでなかったので、感動の鮮度が落ちる欠点があったのですが、この時から、こんな風に句の出来ることもあるようになりました。

私はうれしかったので、その事を橋本多佳子さんに話しますと、「転んでただ起きないというのはあなたの事です」といわれました。

クリスマス馬小屋ありて馬が住む

意味「クリスマスの日、馬小屋には馬が住んでいる」

意味は至極簡単です。馬小屋に馬が住んでいるのは当り前すぎる位です。しかし、作者は戦争中、苦労をしながら住みついた神戸の家を、第三国人に買い取られて放り出され、さて住むに家なしという時ですから「狐には穴あり。されど人の子には住む家なし」という聖書の言葉が頭にこびりついていました。そしてたまたまクリスマスの日に、暖かそうな藁《わら》を敷いた馬小屋に、のうのうと住んでいる馬を見て羨望に堪えなかったのです。この句にはイエスが馬小屋で誕生したという事も少しふくまれているでしょう。この句が出来てから十年後の今日見ますと、前書を好まない私ですが「家を追はれて」とか何とか、前書が要るかも知れません。

電 柱 の 上 下 寒 し 工 夫 登 る

意味「工夫が電柱に登ってゆく、電柱の上の空も、下の地上も寒々としている」

寒い日に架線工夫が展伸しながら電柱を登ってゆきます。彼は土の寒さからは遠ざかりますが、空の寒さに近づいてゆくのです。電柱の中ばにいる彼には、遂に寒さを避ける所はないのです。彼の仕事はそういう仕事なのです。この工夫を見た時の私には、彼につきまとう「寒さ」が「報いのとぼしさ」に見えたのです。

これも敗戦直後の作ですが、この句には思い出があります。それは「第二芸術論」の出たあと、大阪で俳句についての討論会が催され、俳句を弁護する立場で穎原《えばら》退蔵氏と私、検事の立場で、小野十三郎氏と吉村正一郎《しょういちろう》氏が対決したわけですが、穎原氏のあとに登壇した小野氏が、誰に聞かれたのか、未発表のこの俳句をあげ、検事さんが大いに賞めてしまったのです。そのため次に登壇する私は大狼狽しました。

この句の出来た時、次の句も出来ました。

寒 の 夕 焼 架 線 工 夫 に 翼 な し

この句意は「寒の夕焼にさむざむと染まりながら仕事をしている工夫は鳥のようにみえるが、彼には翼がないから飛び立てない。今の境遇から仲々脱け出せない事だろう」というのです。

煙突の煙あたらし乱舞の雪

意味「休業していた工場が再び働き出し、あたらしい煙が煙突から出ている、それに呼応して雪も乱舞している」

「煙あたらし」から「戦後の混乱で休業していた工場が、再び活動を始めた、久しぶりのあたらしい煙」という意味をうけとってほしいというのは無理でしょう。新年と思われるかも知れません。しかし、半分の人だけは、正解して貰えると思います。この句にはそういう不備があります。

これは私の今の家から見える、大阪北部の工場風景で、煙突が無数に立っていながら、戦後の不況で煙が少しも出なくなっていたのが、或る雪の降る日に、まっくろい煙を雄々しく吐き出していました。近景に雪が乱れ降っていましたが、それは私の喜びをそのまま現していたのです。

頭悪き日やげんげ田に牛暴れ

意味「春先の頭脳のどんよりとした日に、げんげ田では牛が暴れている」

四月の生あたたかい頃ともなると、頭の脳はドロリと濁ってしまって、考える力もなく阿呆になるのですが、これは私だけの事ではないらしいです。明治の小説家は「脳がガチガチする」といいました。そういう日の散歩の時、一面のげんげ田の真中で、きげんの悪い牛が、つながれた綱をピンと張って、後脚を跳ね上げて暴れていたのです。やさしげな色彩のげんげ田ですが、牛にはそのうす桃色も気にくわないらしいのです。ずんぐりした鈍なけだものの、でかい頭脳も濁っているのだろうと、同類をみつけた私は微笑と共にこの句を作ったのです。

身　に　貯　へ　ん　全　山　の　蟬　の　声

意味「全山に鳴きわめく蟬の声の力を、私のからだに貯えたいものだ」

大和の畝傍山《うねびやま》に登った時の作。畝傍山という山は平地にポツンと立っている小さな山ですが、その山の木という木に蟬が満ち満ちて、ここをせんどとわめき立てていました。その活力のすばらしさに、やかましいと思う気持もふっ飛んで、全山の蟬の声がからだにしみ込んだら、そのエネルギーもからだに貯えられるように思い、それを望んだのです。私の作品は暗いというのが定評ですが、これは定評をはずれた作品です。云っていることが大げさで、景気がよすぎるような気もします。

麦　の　芽　が　光　る　厚　雲　割　れ　て　直　ぐ

意味「厚い寒雲《かんうん》がわずかに割れて日がさすと麦の芽が光り出す」

冬空一面に雲が厚く張りつめています。それはやりきれない重くるしさ、暗さです。その空の下の寒い土の麦の芽も、けなげに鋭い芽を立ててはいますが、息苦しいばかりの凍てです。と見ると、厚い雲の一点が割れて、さっと地上に日がさして来ました。麦の芽の細い一本々々が「直ぐ」光り出したのです。

その時の私はこの「直ぐに光り出した」ことが云いたかったのです。

炎天の犬捕り低く唄ひ出す

意味「炎天を来た犬捕り男が、低い声で何の唄かうたい出した」

私は生きものが好きですが、わけても「人間の友」と呼ばれる犬が好きです。だから、犬捕りを職業にしている男に好意を持つ筈はありません。ところがある真夏の日、近くの墓場の前の炎天の道を、犬捕りがぶらぶら来ながら、つぶやくような低い声で何か唄っていました。針金の先を輪にした兇悪《きょうあく》な道具をぶらさげて、仕事にあぶれた顔つきでです。彼のつぶやくような唄声を耳にした時、私は戦慄を感じるよりも、人間の生きてゆく姿のやりきれなさに暗然としました。

この句は、且《かつ》て私の所属する「天狼」で、同人作品中の愛誦句を読者から募集した時、高点の句でしたが、その理由が作者の私にどうもよく判らないのです。

寒夜明け赤い造花が又も在る

意味「寒い夜明けがた、まず気がついたのは昨夜、寝がけに見た一輪ざしの赤い造花の存在であった」

まことに味気ない気を起させる句であります。寒夜《かんや》、寝るときも、目覚めても、くたびれた一輪の赤い造花が身辺を離れないのです。それが存在して仕方がないのです。ニヒリズムでもないのです。赤い造花のいやらしさを排除することは簡単です。ポンと芥《くず》かごに投げ込めばよろしい。しかし、又別の「くたびれた赤い造花」のたぐいが身辺に存在することに気がつくでしょう。捨てても捨てても際限がないでしょう。しからばそのものを存在させておくより仕方がありますまい。

山本健吉氏はこの「赤い造花」を「少女趣味のもの」と解され、そんなものをこの作者が愛好する筈がないというので、句解に困られました。勿論この造花は家人が一輪ざしという、これ又いやらしい容器に挿したものです。私はその存在を存在たらしめただけです。

暗く暑く大群集と花火待つ

意味「花火大会の暗い広場で、大群集と共に暑さに参りながら花火の揚がるのを待っている」
東京なら両国でしょう。大阪では天満《てんま》で暑い盛りに花火大会が催おされます。万を数える大群集ですから、その人いきれの暑苦しさは、河辺にいても堪えがたいほどです。そしてその暗さ——。私もその群集の一人です。今か今かと花火を待つ群集は、巨大な生きものとなって、声を発するものもありません。人々の期待が大きな塊となってふくれ上っています。やがて中空に大音響と共に破裂する五色の火を、群集は待っているのです。戦火にあい空襲にあい、音と光にはこんりんざいこりごりの筈なのに、押しひしがれた群集は、ひたすらに花火の華麗が見たいのです。その期待に暗く暑くふくれあがっているのです。それが私には現代社会の象徴のように思われ、それでこの句が出来たのです。

（昭和三十一年一月「扉句」）

寒夜明るし別れて少女馳け出だす

冬の寒い夜ふけです。わかれる時間となって、今まで一緒に歩いていた少女が、思いきりよく「おやすみなさい」といいながら馳け出したのです。あたりは氷のような月光に照らし出されていて、馳け出した少女の影が、あざやかに舗道に浮いています。それをじっと見送りながら、男は——というのはこの場合、私のことですが——寒月《かんげつ》の光の中の少女に、清潔な愛情を感じたので、この作品が出来たのです。

粉黛を娯しむ蝌蚪の水の上

「粉黛《フンタイ》」はお化粧のこと、「蝌蚪《カト》」はおたまじゃくしのことです。おたまじゃくしが、黒々とむらがっている池の上で、女の人がコンパクトを取り出して顔を直すのをみた男が、ふと軽いおどろきを感じて作った句です。うす気味の悪いおたまじゃくしの群の上でも、女の人は平気で化粧に熱中出来るのが、男の私にはふしぎでならなかったのです。

姉の墓枯野明りに抱き起す

ある冬のこと、故郷へ帰った私が、肉親の墓へ詣った時の作品です。墓地は、枯れ果てた野につづいていて、枯草の明るい光がただよっています。そこに、姉の小さな墓が、地震のためでしょうか、地上に倒れています。私はそれを懸命に抱き起して、台石の上にすえました。少女の時死んだ姉の墓を抱きあげて、私は少年に帰ったような錯覚を感じたのです。

この姉は私が生れた年に死んだ人で、その後私には女きょうだいはありません。そういうことが、この作品を感傷的にしているのでしょう。

女あたたか氷柱《つらら》の雫くぐり出で

北陸に旅行した時の作品です。その時は大雪のあとで、軒には氷柱が垂れさがっていました。家々はさむざむと薄ぐらいのですが、ある家の中から三十歳位の女の人が、氷柱のしずくをよけながら、出て来ました。あたりの寒い空気の中で、その女の人だけがあたたかいように、私には感じられたのです。

女の笑ひ夕荒れ波の襞《ひだ》々に

伊勢湾のある浜辺で作った句です。時刻は夕ぐれで、海は次第に荒れてくるようでした。その波のひだとひだの間に、若い女の人が二三人立っていて、波が押しよせるたびに高らかに笑い声を上げていました。それは、おそれを知らぬ声でした。夕ぐれの、美の女神は海の中から生れたといわれていますが、現代の女神たちは、荒れはじめた海中に立って、哄笑しているのでした。

(昭和三十一年十二月「新女苑」)

死火山麓泉の聲の子守唄

岡山県の北西部の山峡に、山椒魚《さんしょうお》の産地で名高い湯原《ゆばら》温泉がある。近頃ダムが出来て、巨大な人造湖には中国山脈の死火山を映しているが、そこを尚、北西に辿ると、パッと眼界が開けて、蒜山《ひるせん》高原の起伏となり、北端は次第に傾斜して蒜山となっている。

ここに来るまでの数里は、全くの峡谷であるから、この高原の展開は嘘のような広さである。土質は黒々とした火山灰地で、酸性が強いのと、冬の寒冷期が永いので、草も短く、散在する栗の木々も、人間の腰の高さ以上には育たない。

みわたす限り茫々たる不毛の高原、冬であれば「たゞみる起き伏し枯野の起き伏し――誓子」という風景であるが、私が行ったのは二度とも盛夏の候であった。

この高原の真夏の草いきれの烈しさは、頬がただれる思いであるが、起伏の一ヶ所に、死火山の胎内をくぐり抜けた水が忽然と噴き出ていて、八月でも一分と指を浸していられない冷たさである。その泉が細い流れとなるところは、清純なせせらぎの音を永遠につづけていて、それはムウと息づまる大高原の草いきれを過ぎて来た私には、子守唄のようにやさしく、涼しく聞こえたのであった。

（昭和三十二年八月「俳句」）

自筆年譜

明治三十三年　誕生
五月十五日、岡山県津山市南新座に生れた。本名、斎藤敬直。父敬止は郡視学。母登勢。長兄武夫。次兄靖彦。三兄弟の年齢間隔は各十年。

明治三十六年　三歳
右腕の手首骨膜炎に罹り、片腕切断を宣せられたが、父の懇願により危く助かった。

明治三十九年　六歳
父、胃癌で死亡。爾来、長兄の扶養をうく。

明治四十一年　八歳
夏、日本郵船上海支店に在勤中の長兄帰省し、帰任する時伴われて渡航。滞在一ヵ月。

大正元年　十二歳
文学書濫読、漱石を最も尊敬。十一月、母と初めて上京。

大正二年　十三歳
条虫のため身心虚弱となる。日夜放心。

大正三年　十四歳
三月、朝鮮釜山に在勤の次兄を訪ねた。

大正四年　十五歳
条虫駆除により、ようやく健康回復。津山中学校に首席入学せしも、小学校の級友が上級生なるをみて学校がいやになる。文学書濫読癖いよいよ烈し。

大正七年　十八歳
九月、二人暮しをつづけた母の死に遭い、東京の長兄に引取られ、十二月、青山学院中学部に編入された。

大正九年　二十歳

中学部卒業。高等学部に進学。郷里で徴兵検査をうく。九月、退学。

大正十年　二十一歳

日本歯科医専に入学。乗馬部に加わる。

大正十四年　二十五歳

日本歯科医専卒業。十一月結婚。十二月、長兄在勤のシンガポールに渡航、開業した。

大正十五年　二十六歳

昼はゴルフに熱中し、夜は近東地方の友人と交遊、彼等の祖国に移住の希望に燃えたが、勇なくして果さず。一方日本から古典文学書を取寄せ耽読した。三田幸夫を知る。

昭和二年　二十七歳

芥川竜之介自殺に強烈なショックをうけた。

昭和三年　二十八歳

田中義一の出兵により済南事変起り、日貨排斥始まる。チフスに罹り休院を続ける。不況と大患のため、前途の諸計画を放棄し、失意悶々として帰朝。途中、上海在勤中の長兄に慰められた。十二月、東京大森で開業。

昭和四年　二十九歳

長男、太郎出生。

昭和七年　三十二歳

埼玉県朝霞の病院歯科部長に就任。

昭和八年　三十三歳

東京神田、共立病院歯科部長就任。患者の若者達にはじめて俳句を奨められた。

昭和九年　三十四歳

一月、同人誌「走馬燈」に加入。清水昇子、三谷昭、幡谷梢閑居等と共に同人。この年新興俳句勃興期なり。寝食を忘れて没頭。無季俳句の提唱「天の川」より起る。東京の新興俳誌「土上」「句と評論」「早稲田俳句」「走馬燈」同人有志に計り、横の連絡機関として「新俳話会」を創設、座談形式によって研究を始めた。これを機として各地、各誌の交流盛んとなる。日野草城選「青嶺」「ひよどり」「走馬燈」合流して「旗艦」となる。

昭和十年　三十五歳

清水昇子、三谷昭等と「走馬燈」の後身同人誌「扉」を創刊。三月、清水昇子、三谷昭、和田辺水楼（大阪）等と共に「京大俳句」に加入した。十一月、胸部疾患に罹る。「馬酔木」「天の川」の季に関する論争烈し。

昭和十一年　三十六歳

一月、かねて書信によって結ばれた篠原鳳作の要請により「傘火」に「生活俳句欄」を特設、選者となる。後年、戦後の社会性俳句の第一歩である。九月、篠原鳳作死亡。その遺志を継ぎ十二年九月廃刊号まで協力した。

昭和十二年　三十七歳

無季俳句実験に没頭し、戦争を主題とした作品のみを作る。十月、「京大俳句」五周年大会のため京都に赴く。静塔以外初対面であった。

昭和十三年　三十八歳

歯科医業を廃し、日本起業株式会社役員となり、別に南方商会を設立。商売人となる。少年俳人三橋敏雄、前職を捨て来て業を助けた。二月、胸部疾患再発、腰部カリエスを併発。危篤の病床を平畑静塔見舞う。秋、奇蹟的に回復。高屋窓秋、石橋辰之助、杉村聖林子の「京大俳句」加入を斡旋。高屋窓秋渡満。

昭和十四年　三十九歳

健康次第に回復。石橋辰之助の親戚の後援により新興俳句を中心とする綜合誌「天香」創刊準備に入る。編集は石橋辰之助、東京三、三谷昭、杉村聖林子、渡辺白泉、西東三鬼。夜ともなれば石田波郷、石塚友二、石川桂郎等と交遊した。渡辺白泉、三橋敏雄の「京大俳句」加入を斡旋。

昭和十五年　四十歳

一月、辰之助と同行して大阪に赴き、「京大俳句」の井上白文地、中村三山、平畑静塔、和田辺水楼、仁智栄坊等と会談、「天香」創刊について協力を求めた。その席上、静塔は官憲が「京大俳句」を看視中なりと発言した。二月、京都の中村三山、井上白文地、平畑静塔、宮崎戎人、神戸の仁智栄坊、波止影夫等京都府警察部に検挙された。驚いて善後策を講ぜんとするも事件全く不明。この情勢下に三月「天香」創刊即日売切れた。第一句集『旗』三省堂から出版。五月、東京の三谷昭、石橋辰之助、渡辺白泉、杉村林聖子、大阪の和田辺水楼、兵庫県の堀内薫等、同じく京都警察部に検挙された。七月、岸風三楼も京都で検挙された。その間「天香」は三号まで発行、石田波郷の協力による。八月末日、三鬼も遂に検挙され京都に行った。十一月起訴猶予となり帰京。

昭和十六年　四十一歳

二月、京大俳句事件は東京の他誌の俳人に波及し、島田青峰、東京三、古家榧子、藤田初巳、細谷源二、中台春嶺、小西兼尾、栗林一石路、橋本夢道、神代藤平、横山林二、平沢英一郎等、東京警視庁によって検挙された。十二月、第二次世界戦争起る。

昭和十七年　四十二歳

東京に絶望し、家を出て単身神戸に赴き、各国人のハキダメの如きホテルに住む。商業閑散。独逸船船長、潜水艦水兵と交遊した。東京の友人自動車で来神し、それに同乗して福岡に行き、長崎県川棚に回った。

昭和十八年　四十三歳

三月、次男直樹、九州川棚で誕生。空襲の危険を感じ、東亜ロードのホテルから山本通四丁目に移転。明治初年建築の古色蒼然たる洋館。後年、俳人達は三鬼館と呼んだ。大阪の和田辺水楼と交遊旧に倍した。

昭和十九年　四十四歳

二月、五月と二回の空襲によって神戸市灰燼となりしも、我家は無事であった。

昭和二十年　四十五歳

八月、日本敗れて戦争終る。

昭和二十一年　四十六歳

五月、中国から帰還した平畑静塔と連絡つき神戸で再会。奈良の和田辺水楼の紹介により橋本多佳子を知る。奈良日吉館で米持参の「奈良句会」を始めた。橋本多佳子、平畑静塔、榎本冬一郎、右城暮石、古屋秀雄等。東京では「新俳句人聯盟」結成の機熟し、東京三、石橋辰之助西下して加盟を求めたが疑義ありて辞退。三人で奈良に遊ぶ。後日、三谷昭も説得に来神したが、奈良に同行して空しく帰す。三鬼の心秘かに誓子中心の同人誌創刊の企画進行中であった。

昭和二十二年　四十七歳

五月、石田波郷松山へ帰省の途次来訪。同行して奈良の橋本多佳子、京都の山本健吉、高砂の永田耕衣等を訪問。京都の石橋秀野は病篤く、波郷とまみえて慟哭した。帰省を終えて波郷再訪。同行して上京。車中『三鬼百句』稿を書く。東京で石田波郷、神田秀夫と三人相計り「現代俳句協会」を創設。七月、波郷と房州九十九里に遊ぶ。八月、波郷発病。九月二十六日、石橋秀野死亡。「鶴」同人古屋秀雄と通夜、葬儀に参列した。この間、橋本多佳子、榎本冬一郎と度々、伊勢海岸天ヶ須賀の山口誓子を訪い、遂に新誌創刊の承諾を得た。よって再三上京し、総理府の許可を求めた。高屋窓秋、有馬登良夫の協力による。

昭和二十三年　四十八歳

一月、石塚友二の協力により奈良県天理、養徳社より「天狼」創刊。主宰、山口誓子、同人、平畑静塔、秋元不死男、橋本多佳子、高屋窓秋、谷野予志、榎本冬一郎、山口波津女、波止影夫、三谷昭、孝橋謙二、杉本幽鳥、西東三鬼、つづいて加藤かけい、永田耕衣、右城暮石、古屋秀雄、山畑禄郎、横山白虹。かかるうちに神戸三鬼館を追い出され兵庫県別府町に「天狼」編集所共に移る。三月、指導誌「雷光」の鈴木六林男、井沢唯夫、立岩利夫、杉本雷造、島津亮と淡路島に遊ぶ。平畑静塔同行。「天狼」僚誌「激浪」を創刊。八月、石橋辰之助死亡。十二月、平畑静塔の斡旋により大阪府北河内郡大阪女子医大付属香里病院歯科部長に就任、香里園に移住した。

昭和二十四年　四十九歳

十一月、京都府綾部俳句大会に赴く。

昭和二十五年　五十歳

七洋社から句集『夜の桃』、現代俳句社から自句自解『三鬼百句』が刊行された。十月、名古屋で「天狼」三周年大会開催され出席した。天狼発行所、養徳社を離れ奈良に移る。

昭和二十六年　五十一歳

二月、橋本多佳子、右城暮石と金沢の沢木欣一、細見綾子を訪う。五月、横山白虹、岡部麦山子に招かれ、橋本多佳子と小倉、福岡、山口県等に赴く。西下の角川源義来泊。十月、大阪で「天狼」五周年大会。句集『今日』天狼俳句会より刊行。

昭和二十七年　五十二歳

一月、石川県大門、東洋レーヨン俳句大会に榎本冬一郎、沢木欣一と出席。三月、誓子、静塔、多佳子、冬一郎と和歌浦「天狼」俳句大会に出席。六月「断崖」創刊、主宰。

昭和二十八年　五十三歳

二月、上京し胃癌を病む長兄を見舞う。六月、「風」七周年大会に出席のため金沢に赴き、中村草田男に会う。七月、墓参のため津山にゆき、湯原温泉に遊ぶ。十月、誓子、伊勢より西宮に転居さる。十一月、七歳の時より養育をうけたる長兄武夫死亡。上京し、葬儀に列した。

昭和二十九年　五十四歳

一月、東京の長男太郎喀血、香里病院に連れ帰り入院させた。五月、同窓前田勇に招かれ南伊豆下賀茂温泉にゆき石廊崎を観る。

昭和三十年　五十五歳

五月、上京。秋元不死男、石塚友二等と印旛沼に遊ぶ。六月、福井市現代俳句大会に出席。八月、津山市と湯原温泉に赴く。九月、谷野予志に招かれて松山市に赴く。

昭和三十一年　五十六歳

一月、湯原温泉に赴く。日野草城永眠。七月、八年勤続の関西医大を辞職。「俳句」編集長就任のためである。東京の長男、再び喀血、入院手術のため上京した。八月、津山市で「天狼」中国大会。山口誓子、榎本冬一郎、秋元不死男、谷野予志等出席。大会を終って上京、角川書店に勤務。十一月、高崎市俳句大会に出席。

昭和三十二年　五十七歳

正月を伊豆下賀茂温泉で過し、そこから西下。大阪で誓子等と会う。五月、断崖祭のため神戸へ。七月、「俳句」編集を辞し角川書店退社。八月、東奥日報主催「青森県俳句大会」に出席。九月、不死男と岐阜「流域」主催の句会に出席。静塔、かけい出席。鵜飼を観る。

昭和三十三年　五十八歳

四月、神戸へ行く。五月、東京上智大で「天狼」十周年記念大会。誓子はじめ「天狼」同人の大半参加して盛会。天狼俳句会から功労賞を受く。八月、東西の「断崖」同人十余名と伊豆下賀茂に遊ぶ。十月十日から十六日まで断崖祭のため関西滞在。十七日から二十一日まで秋田魁新報社俳句大会のため秋田滞在。二十五日から二十九日まで不死男と宇都宮「春水」俳句大会出席。つづいて福島へ行き藤村多加夫の歓待を受け、飯坂温泉に二泊、裏磐梯に遊ぶ。

昭和三十四年　五十九歳

一月、西下、滞在八日。五月、西下して「群蜂」十周年大会と断崖祭に出席。その間に津山に行き、美作婦人大会で「幸福と不幸」と題して講演。俳句以外の講演はこれが初めて。十月、関西、松山に旅行。誓子はじめ「天狼」同人、また辺水楼、栄坊と会う。この年「俳句」に〝俳愚伝〟、「天狼」に〝続戸〟を連載。

昭和三十五年　六十歳

二月、神戸へ行く。五月、関西へ行き天狼吟行に参加。神戸の断崖祭に出席。五月十五日の誕生日、山一証券俳句会が吟行を兼ねた還暦祝賀パーティ。六月十一日、俳壇をあげて還暦祝賀会を開き呉れる。会する俳人百数十氏。十月、「環礁」大会に出席のため名古屋へ行く。

昭和三十六年　六十一歳

三月、西下、滞在六日。次男直樹、学業を了えて就職。四月、埼玉県吉見百穴へ吟行。五月、「断崖」百号記念号刊。十九日より三十一日まで関西に滞在。「天狼」運営委員会、断崖祭に出席。奈良、松山に遊ぶ。七月、草田男、不死男、春一の還暦祝賀会に出席。八月、源義、塚崎両氏と福島へ行き、多加夫と飯坂温泉泊。のち「奥の細道」の跡を辿り、仙台に向う。鬼房と会い、塩釜へ同行。作並温泉泊。同地で「河」全国大会。松島に遊ぶ。この頃より胃の調子よろしからず。わが胃の腑は半分位に狭まりし模様。多分ガンならん。九月、胃部精密検査を受く。九月十日、「子午線」俳句大会のため静岡へ行く。十月二日、横浜医大病院へ入院。七日、長男太郎結婚。九日、胃切除手術を受く。十九日、肋膜炎併発して危篤。二十三日、危機を脱す。十一月、退院して自宅で静養。俳人協会設立に参加。

昭和三十七年　六十二歳

一月、「断崖」百号記念選集刊。二月、血清肝炎を起して病状悪化。中旬、ガンの転移急速のため余命一ヵ月と家人に医師が告げる。終日就床すること多し。三月、第四句集『変身』角川書店より刊行。三月、起きあがれず、十五日、危篤。日夜危機の連続。三月三十一日午後九時半、昏睡状態に陥る。四月一日午後〇時五十五分、きく枝夫人、太郎夫妻、直樹、ほかの人達に見守られつつ長逝。三日、葉山の自宅にて密葬。春嵐吹き荒れ、西東三鬼の標札落つ。八日、角川書店本社楼上で俳壇葬。

解説

小林恭二

一

西東三鬼（一九〇〇〜一九六二）は没して既に半世紀を超え、弟子や作風の継承者たちも、その多くは鬼籍に入り、まして親しくその謦咳《けいがい》に接した俳人にいたってはほとんどいなくなった。

にもかかわらず、三鬼の個人的人気は一向に衰える気配がない。その関係本は途切れることなく出版され、まさに汗牛充棟のありさまである。かくいう筆者も哀れな牛たちに汗かかせた一人で、評論、エッセーで三鬼を取り上げた回数は十や二十ではきかない。

ではもはや三鬼について書くことは残っていないかというと、そういうこともなく、何を書いても擱筆《かくひつ》後あれも書けばよかった、これも論じるべきだったという悔いに襲われる。

その最大の理由は三鬼の残した仕事があまりにも多彩で、ひとつの論旨で語り尽せないことによっている。例えば三鬼が新興俳句運動に参入した時分の客気溢れる野心作と、晩年の艶消しを入れたような渋い味わいのそれを同一の評言でまとめるのは不可能である。また俳人三鬼の落ち着きのなさと散文家三鬼の諦観したような書きぶりは同一人物とは思えない。身の処し方を見ても、最初は四十にも届かないのに三鬼老などと呼ばれ、酸いも甘いも噛み分けた外地帰りの大人として売り出した。ところが数年を経ずして命知らずの鉄砲玉として最前線に飛び出し、特別高等警察（特高）の弾圧を受けるや一転落魄《らくはく》、もはや世捨て人以外の何者でもなかった。ところが戦後自由の身となると今度は「俳壇の寝技師」として大活躍。史上初の俳人全国組織「現代俳句協会」を立ち上げたと思えば、意見の相違から今度は「俳人協会」設立の中心メンバーになる。

三鬼を語る難しさは、彼が根からの演技者であった点にある。その演じぶりはきわめて堂に入っており、その作品や所行を編年順に漠然と追っていると、常に三鬼が変節しているように見える。しかしそれは達者の役者が悪役を演じると、「あなたがそんな人とは知りませんでした」という非難の手紙が届くのと同じで、当を得ていないことはなはだしい。

三鬼についてはいつか作品論というより人間論を著してみたいという疼《うず》きが筆者に

はある。しかし結局そうしたところで三鬼は摑みがたい鰻のごとくするりと手の中から逃げてしまいそうな気もする。
そういう事情もあって本解説では、無謀を承知で、三鬼の全体像を語るというより、デビュー時についてのみ語ることにしてみたい。もし絞るのであれば三鬼がもっとも光彩陸離としたこの時代をとりあげるのが筋であると思うからだ。

二

西東三鬼(本名斎藤敬直《けいちょく》)は明治三三年岡山県津山町(現、津山市)で生まれた。いわゆる虚弱体質で、東京の青山学院中学部を卒業したのは大正九年、実に二〇歳になっていた。その間、六歳で父を、一八歳で母を失っている。三鬼自身は条虫(俗にサナダムシ)による健康被害が深刻だった。父母の早世と条虫症は三鬼を繊細な文学青年タイプに仕立てたと思われる。ちなみにこうしたイメージは後に三鬼が演じた「ばりばりのコスモポリタン」、あるいは「無節操なドンファン」、はたまた「渋いハードボイルドの主人公」といったB級映画風のキャラクターとは相容れないものがある。もちろん男性は成長するから、ずっと病弱な文学少年のイメージを引きずらねばならないことはないが、その後も三鬼は多病で、頻繁に危篤に陥っており、タフなB

級ヒーローは三鬼が思うほどには板についたものではなかった。そのためかどうか、世間師のようなうさん臭さが三鬼についてまわったのも事実で、没後も「三鬼特高スパイ説」なる怪しげな説が出回る土壌となった。

二〇歳以降の三鬼の歩みを年譜で追ってみる。

中等部卒業後、青山学院高等部に進むも同年中に退学。翌年歯科医になるべく日本歯科医専（現、日本歯科大）に入学した。大正一四年、二五歳で歯科医専を卒業する。同年一一月には上原重子と結婚、翌月長兄のいるシンガポールで開業すべく渡航。

歯科医を目指したのは親代わりの兄の影響であるが、では青年三鬼が何を目指していたかというと、はっきりしたことはわからない。

シンガポールに渡航した翌年の大正一五年の項はこうである。

「昼はゴルフに熱中。夜は近東地方の友人と交遊、彼等の祖国に移住の希望に燃えたが、勇なくして果さず。観光日本人のガイドをつとめる」

即席のコスモポリタンを謳歌している様子がありありと伝わってくる。しかし筆者が注目するのはむしろこれに続く次の一行である。

「日本から古典文学書を取り寄せ耽読《たんどく》」

存外、三鬼の実像はこのあたりにあったのではないか。ひとつにはいかになんでも異国にわたって半年や一年でコスモポリタンを気取るのは早いということもあるが、三鬼には存外古典の素養があった。確かに三鬼の文体は「口語と文語の無節操な混淆」と評され、それがまた彼の魅力のひとつだったが、おりおりその作品には古典の素養が垣間見えた。文学青年時代の名残であろう。

しかしそんな生活は長続きしなかった。わずか三年後の昭和三年、自身の病気（チフス）及び不況等のため日本に帰国するハメになる。

東京に戻った三鬼は歯科医院を開業したり、あるいはこれを廃業して勤務医になったり落ち着かない日々を送っていたが、昭和八年三三歳のおり、患者に勧められたのがきっかけで俳句に手を染める。名をなした俳人としては異様に遅い出発といえる。

しかしその途端天馬空を行くがごとき大活躍が始まる。

昭和一〇年七月には早くも『京大俳句』に、

聖燭祭工人ヨセフ我が愛す

を発表する。ちなみに『京大俳句』は当時新興俳句運動の最前線にあった。掲句は三鬼最初の著名句であるが、出来はさしたるものではない。少なくとも現在この句に目を剝く読者はいないだろう。しかしだからといってただ通過するわけにもいかない。

まず題材をキリスト教にとっているが、当時としてそれなりに革新的だった。殊に「聖燭祭」というマイナーな行事を季として据えたことは、季語の幅を広げるというより、無季俳句への志向を意味している。更に面白いのは中七の「工人ヨセフ」である。異国人の名前を俳句に出すのは、後に三鬼のおはことなる。(「厖大なる王氏の昼寝端午の日」「露人ワシコフ叫びて石榴打ち落す」) 下五の「我が愛す」における自我の表出も三鬼らしい。時代による風化の激しい句であるが、それでも発表時は十分新鮮な句として受け入れられた。

同年三鬼は早くも初期の代表作に数えられる次の句を制作する。(発表は翌一一年、『京大俳句』と『天の川』)

水枕ガバリと寒い海がある

自解は本書を参照してもらうとして、本句の出来について、実は筆者は少々疑問を抱いている。理由は「水枕」と「寒い海」がイメージ的に近すぎる(ツイている)からで、是非判断は置くにしても、ベテランであれば絶対詠まない類の句である。にもかかわらずこの句が代表作に数えられるのは、ひとえに「ガバリと」にある。かつてわたしはこれについて次のように述べた。

「(「ガバリと」)はいつ頃生まれたことばか知りませんが、あまり素性がよさそうではありません。おそらく講談とか俗っぽい小説で使われていたことばでしょう。ただ劇画的な喚起力があることも事実で、何か面白いことが起こりそうな期待感があります。「水枕ガバリと」までを普通に読めば、水枕に伏せていた主人公が突如起き上がって、何か突拍子もないことをする展開が予想できます。でも「ガバリと」の後に続くのは「寒い海がある」という詩的な表現です。冒頭に「水枕」があるので、イメージ的にはつながっているけど、ことばの単純なつながりからみると奇襲を受けたような感じがある」（角川俳句ライブラリー『この俳句がスゴい！』多少改稿）

ちなみにこの「ガバリ」については三鬼も迷ったのであろう、『天の川』で発表したヴァージョンでは「がばり」と平仮名で表記している。もちろん、片仮名の方が断然いい。

昭和一一年は三鬼にとって最初の大爆発の年になる。この年早くも三鬼にとって押しも押されもせぬ代表句であり、なおかつ句の出来栄えについても文句のつけようのない佳句が二句、それも同時に、同雑誌（『京大俳句』八月号）に、発表されるのである。

算術の少年しのび泣けり夏

緑蔭に三人の老婆わらへりき

前句、「算術の少年しのび泣けり」までは面白いが、機会があれば余人にも思い浮かびそうだ。むしろ絶品なのは句尾にとってつけたように置かれた「夏」である。通常季語は一句の状況説明として置かれることが多い。ところがこの句の場合、「算術の少年しのび泣けり」が「夏」の説明として機能している。ことばを替えれば「夏」の再定義がなされている。この句で算術の少年の夏は永遠になった。

次の句もすごい。実景としていうならただ木陰で三人の年配の婦人が笑ったというだけなのだろうが、このように書かれると、まるでマクベスに出てくる三人の魔女が歯のない口腔を見せながら不気味に笑っているような印象となる。タネはすべて下五の「わらへりき」にある。これは「わらふ」という動詞に、完了の助動詞「り」と、過去の助動詞「き」をつけたしたものだが（辞書的にいうと「り」＋「き」は「過去に直接経験した事実を表す」）、「ワラエリキ」と発語した途端、そんな説明はすっとんで、まるで禍々《まがまが》しい呪文を唱えているかのような異様なイメージがたちあがってくる。

この二句で三鬼の名は俳人間で定着したのではあるまいか。何より三鬼自身が確固たる自信を得たはずだ。その後三鬼は自他共に認める新興俳句の大立者となってゆく。

三

その後の三鬼について多少付言する。

このわずか四年後、三鬼は「京大俳句事件」という前代未聞の言論弾圧事件に連座して特高に拘束される。これは戦時下ということを考えても完全な冤罪事件以外のなにものでもなく、逮捕者は誰も起訴されることなく、一部を除いてすぐに釈放された。本来ならこれで白日の身となるはずだが、三鬼は執筆禁止を命じられ、俳人生命を一旦断たれる。

落魄した三鬼は、しけた軍需ブローカーとなり神戸に流れる。この時点で三鬼は妻子もあれば後に結婚する愛人もいるのだが、それらすべてを振り捨ててトーア・アパートメント・ホテルに、わけありのカフェの女給と同棲する。まさにB級映画の主人公だが、この様子を描いた小説『神戸』は、職業作家以外の書いたものとしては空前の傑作となった。

戦後、自由の身となった三鬼は旺盛な俳句活動を再開。充実しきった時代がしばらく続く。ただ何を思ったのか、これまでまるで木の股から生まれたかの如く無係累の俳人だったのに、山口誓子を仰いでしまう。三鬼の仲間である新興俳句系の自由人とホトトギス育ちの誓子の風合いはまったく違う。間に入って三鬼は相当苦しんだと伝えられる。ただ誓子の影響か、それまでどこか仕立ての甘かった三鬼の句に、良い意味で格調や規律が備わったことも事実で、損得勘定は簡単には計れない。

戦後の三鬼の仕事として看過できないのは、「現代俳句協会」及び「俳人協会」の設立に尽力したことだろう。三鬼の構想では両協会の再統一があったともされるが、結局これは果たされないまま現在にいたっている。

　三鬼は人に遅れて俳人としての人生をスタートさせ、あっという間にトップランナーとなったが、激動の後、人より早く幕を閉じた。行く先々で大きな足跡を残し、それは現在にいたるまでくっきりとした輪郭を残している。生涯「権威」とみなされることはなかったが、存在感は抜群でそれは今も変わらない。常に番外のような位置にいたが、現代俳句を語るとき三鬼を外す者は、異なる陣営にあってもいない。我が国の詩歌の歴史を通してみても、三鬼の存在は一大奇観というに足る。

　筆者には、西東三鬼は昭和俳壇を走り抜けたまばゆい光を発する彗星のように思えてならない。

初句索引

*本書所収の全作品の初句を現代仮名遣いの五十音順に配列した。
*漢数字はページ数を示す。
*初句が同一の場合は第二句を示した。

あ

愛語通り　一九〇
あひびきの　一〇三
愛撫する　二〇六
相寄りし　二〇八
青嵐　三五
青伊豆の　一八六
青梅が
　痩せてぎつしり　一九九
　闇にびつしり　一〇一
青梅の　二九八
青梅びつしり　二六七
青柿の
　堅さ女の　八九
　下に悲しき　一〇七
　夜の土から　一〇七
青柿は　一〇七
青崖の　一七四
青崖を　一六五
青蚊帳に　一五
青萱に　三七
青蚊帳の　一〇四
青き朝　一五
青き湖畔　三六・七五
青キ胎児　七〇
青き奈良の　八六
仰ぎ飲む　一二八
仰ぐ顔
　くらし青栗　五九・八三
　暗し青栗　二八
青高原　二二七
青鷺に　二九九
青鷺の
　青き羽見ゆ　三〇〇
　下り立つけはひ　二九九
　佇ちて閑けさ　二九九
青鷺を　三〇〇
蒼澄める　二九二
青谷に　一七六
青蔦の　二九三
青トマト　三一
青沼に　九八
青沼へ　一九八
青の朝
　梢たかきに　四
　まばゆき虫と　四
青野に吹く　二六九
青の夜の
　銀笛の口　四
　房の隅々　三〇五
　森に妖しの　三〇五

青バナナ　三三七
青服と　三一三
青葡萄　一三三
青みどろ　一六〇
仰向きて　二〇四
仰向の　三一六
青芽赤芽を　一四八
赤い女の　二五三
赤かぼちゃ　二一八
赤き青き　二五〇
赤き暗黒　二七八
赤き火事　九六
赤き肉　一三六
紅き林檎　二六・五八・八三
赤黒き　二一九
赤子泣き　一六九
あかつきの
　鶯のあと　一七三
　牛の声幅　三四九
　雷にめざめて　三五〇
赤蜻蛉（朱蜻蛉）
　浮きては風の　三〇一
　来て死の近き　一四
　分けて農夫の　一三五
赤松の　一六六
赤羊羹　一八七
あからさまに　九三
あきかぜに　三一一
秋風に
　岩もたれあい　一八九
　光る根株へ　一七八
あきかぜの　八・四三
秋風の
　屋上園に　三一八
　屋根に生き身の　一六五
秋風や
　一本の焼けし　八九
　五厘の笛を　二八七
秋風を　三一二
秋来たれ　一四三
秋草に　一九〇
秋雨に　一〇八
秋雨の
　ぬかるみ深し　一六七
　水の底なり　二一四
秋潮に　三二八
秋の雨　一五六
秋の巌　九〇
秋の男　二〇六
秋の河　二〇八
秋の蚊を　三四二
秋の暮
　彼小さし我　八九
　大魚の骨を　二五九
　遠きところに　八九
秋の航　一五五
秋の午後　三一八
秋の鳶　三二九
秋の蠅　一九〇
秋の蜂
　群がり土蔵　二四八
　若き石工の　一七九
秋の梵鐘　三三四
秋の街　三三九
秋の森　一〇九
秋の夜の
　海かき回し　二〇六
　壁に見あかぬ　三一〇
　地下にうつむき　二〇七
　時計動かぬ　三一一
　南京豆は　三一二
　漫才消えて　一四四
秋浜に
　描きし大魚へ　二一七
　稚児の泣声　一〇七
秋日さす　二〇五
秋日ふんだん　二四九
秋ふかき　三三二
秋富士消え　二一七
秋祭

生きてこまごま　二三七
　終る太鼓を　三三五
秋満ちて　二四七
秋満つ寺　一七八
悪童に　二九六
悪童の
　くち笛ひしと　二九六
　コーラス沖に　二九六
　みな貌美くて　二九六
悪童ら　二九六
胡坐居て　九一
悪霊と　一三
揚羽となり　一七六
朝々の　三一一
朝顔を　三五一
麻刈に　二九二
朝草の　二四六
朝すでに　一四三
朝蟬の　二〇二
朝の飢　八八
朝の氷　一五九
朝の琴　一一三
朝の虹　三三三
朝の雷　三三五
朝日さす　一六八
『朝日』の窓　三三六
朝日やはらか　三五三
朝焼けて　二九七
朝焼けに　二九七
朝焼や　二九七
朝焼けや　二九七
朝焼を　一六五
朝若し　一一五
朝を飢え　三〇〇
足跡焼く　二六〇
足垂るる　三四六
脚ちぢめ　一九二
明日までは　二五三
明日より試射　三五三
汗し食ふ　八七
汗すべる　一四三
汗舐めて　二四七
畦塗に　二九一
畦塗の　二九一
畦塗るを　一七四
汗のシャツ　一一三
暖かき　三〇五
あたたかし　二五〇
頭暑し　一七四
頭覚めよ　一四四
頭悪き　一一九
新しき　二四九
アダリンが　一〇・四七
暑き河に　三三三
暑き舌　二五六
あとかたも　一七三
穴掘りの　一三六
兄葬る　一八〇
姉の墓　一三六
姉呼んで　二六三
虻が来る　二六五
阿呆富みて　三四八
海女浮けよ　二三四
雨雲を　三三九
海女の火の　三五七
網つくろう　二三四
網干して　三六一
飴赤し　一三五
雨に毒　三五四
雨の珠　一九八
雨の粒　二一八
雨の中　一一七
雨の雲雀　一一七
飴ふくみ　二七〇
米式《アメリカン》　三〇三
飴をなめ　一四一
あゆみよる　二九五
荒海に
　声消されつゝ　二九三
　よべの踊りの　三五一

初句索引　427

初句	頁
荒海や	三四
荒壁を	一五七
荒き雲	一六五
嵐の麦生の	一五九
荒梅雨の	一二九
荒縄や	一二五
霰うつ	一四二
霰降り	一四三
霰を撥ね	二〇二
蟻地獄	二一一
蟻という	一六三
蟻の道	一三五
歩く蟻	一三五
歩くのみの	一四一
荒るる潟	一九一
荒るゝ濤	三五九
荒園の	一一七
力あつまり	一七七
荒れし谷	一八二
ましろき犬に	三・五七・八三

初句	頁
荒地すむ	三六
荒れ濁る	三二三
荒れる海	三二四
花束雪に	三二〇
雪の糸杉	三二〇
安定所の	三二〇
飯こぼす	三二〇
家あひに	三二〇
家中を	三二三
いへづとの	一六五
生き馬の	三一〇
息せるや	二〇三
生きものの	一五〇
生ける枝	一三二
生ける雉子	一三八
石崖に	二六一
石の上に	一四一
石の獅子	一九五
石の冬	一二〇
石橋に	三三二
石山掘り	二四〇
異人墓地	一八二

初句	頁
木梢の海も	二六八
十字架雪を	二六八
一片の	二六八
いつまで何を	二六八
いつまで冬	二六八
いつまでも	二六七
伊豆五月	二二七
何処へ行かむ	一四三
忙しき	二二〇
板垣銅像	二二〇
徒らに	一四二
無花果を	一四二
道真向へば	一〇四
胸照らさるる	一〇六
一指弾	二二三
一夜明け	二二一
一輪の	三二五
一列の	三二五
一荷づつ	一〇二
一切を	一一〇
一瞬の	二一〇
一斉に	二一八

初句	頁
一石を	二一〇
一僧を	二二七
一片の	二〇二
いつまで何を	
いつまで冬	
いつまでも	二二〇
稲雀	一四三
笑いさざめく	九〇
五重の塔を	一七九
稲妻に	二二〇
道真向へば	二〇五
胸照らさるる	二〇六
犬養毅	二〇六
犬つるみ	二六〇
犬連れて	二八〇
犬にも死	二六六
犬猫と	二六六
犬眠る	二六〇
犬の恋	一四七
犬の恋の	一六八
犬の恋の	三二八

犬の蚤　二一四
犬逸り　一八六
犬妊み　三三
犬も唸る
　あまり平らの　二四五
　新樹みなぎる　一三九
犬を呼ぶ　二三四
稲扱機　一六七
稲積んで　二三九
稲孕み　一二五
いのちありて　二八七
今が永遠　二一八
いま清き　二三五
今つぶす　二一四
藷殼の　二三〇
甘藷《いも》蒸して　九五
甘藷《いも》を掘る　一三三
いやな立雲　一八七
いやはての　三一五
刺青《いれずみ》の　三〇四
岩あれば　二七〇
いわし雲
　折れきらら波　三六一
　人はどこでも　二五八
　細身の鵜舟　三一八
鰯雲
　小舟けなげの　二一七
　バルーン疲れて　三〇八
　夕べひさしく　二九八
岩沈む　二四五
岩伝う　二三三
岩に爪　二一七
岩海苔の　二六四
岩山に
　赤き火を焚き　二四三
　今も岩切る　二四二
　生れて岩の　一一九
　風ぶつかれり　一五六
岩山の
　浅き地表に　三三一
　蟻に運ばれ　一一九
　蟻の強あご　三四三
　岩をついばみ　三四三
　北風青し　三三
　寒さ平地に　三四三
　てっぺんラムネの　三五三
　冬の水もて　三四三
因業が　三五九
因業の　三五九
院児の糧　一三八
植ゑし田に　三五三
植えて去る　一六三
飢ゑてみな　八八
飢えの眠りの　三五三
魚ひそみ　二七〇
浮き沈む　一九六
鶯に　二五四
うぐいすの　三一三
うぐいすや
　巌の眠りの　三一三
　死顔めきて　三一三
　引潮川の　二六四
　水を打擲　二四三
浮くたびに　三一四
うぐひすや
　子に青年期　一〇〇
　働く人を　三一四
動かぬ蝶　九九
動くもの　二〇一
憂し長し　一七八
失へる　三〇五
牛の尾の　二一四
牛の眼に　一〇六
薄月や　二九三
薄氷の　一五九
唄きれぎれ　一四三
唱一節　一三三
うちそとに　三六一
団扇動かす　二〇〇
うつうつと　三四八

うつくしき　一四〇
美しき
　寒夜の影を　八五
　今生の花火　二九八
うづたかき　二一四
うつむきて　二一九
うつむく母　二五六
海坂に　一三三
鵜の糞の　二一九
鵜舟曳く　二一八
馬がみな　九六
馬黒く　六六
馬と人　一八五
馬走る　三三一
生れいで　三一四
生れくる　三一九
海が打　三四七
海から誕生　二五七
海から無電　一八七
海暮る、　二九三
海越えて　二五一
産みし子と　二五七
海鳴りの　四一
海鳴りや　三四一
海に足　二七八
海の鳥　三四〇
海南風
　父母漕ぎて　三五七
　熱帯植物園　三六〇
　女髪に青き　二八〇
海焼けの　三〇四
海を出で　一三
湖を去る　二八・六〇・八四
梅の実の　八六
梅干舐む　一七
梅を噛む　一五
上向く芽　一八五
運転手　一三・三一八
運動会
　子と妻とほく　三三三
　子の先生に　三三三
　蹌踉とゐて　三三三
　花火あぐるは　三三三
嬰児の死　三四四
駅暑し　三二七
精神《エスプリ》も　三〇八
枝々に　三五二
枝鳴らす　二一八
枝の蛇　一九〇
枝豆の　一三三
枝豆や　一三三
疫病む子に
　禍つ闇ぬけ　二九二
　闇つらぬきて　二九五
疫病む子は　二九五
疫病む子を　二九五
絵を貼り　三二一
円光も　九
遠足隊　二六九
園丁の　二・四七
炎天勇まし　一八
炎天涼し　二二七
炎天に
　声なき叫び　一七
　体浮くごとし　二〇〇
　鉄船叩く　一〇三
　一筋涼し　二五七
　火を焚く墓と　一〇六
　充ち満つ法華　三五五
　もつこかつぎの　二一七
炎天の
　犬捕り低く　一四三
　岩にまたがり　一六三
　映る鏡に　一〇四
　女の墓石　三三八
　「考える人」　二四六
　暗き小家に　三五五
　坂や怒を　一三一
　少女の墓石　一〇五
　墓原独り　一三三

見出し	頁	見出し	頁	見出し	頁	見出し	頁
人なき焚火	一〇七	老の仕事	二〇七	巨き百合	三五・七五	病者の凪の	三四六
塩田の		老いの手の	三三七・三六一	大乳房	二〇七	屋上の	
足跡夜も		老いの屁と	二六四	大辻司郎	二七・五五・二八一	朽ちし飛行機に	
かげろふ黒し		老いは黄色	二一六	オートバイ	一八七	高き女体に	三六六
黒砂光らし	一二〇	黄土層	二七・七五	大干潟	三六二	卓に秋果と	三五八
炎天や	一二〇	黄土の闇	二七・七五	大南風	三六六	屋上の	一五二
けがれてよりの	一三一	黄麦に	一七二・七五	公の	一〇	幼き声々	二六九
濡れて横切る	一八一	黄麦の	一七二	丘にむら〳〵	三・七〇	幼き蜂	一六八
塩田や	一三〇	黄麦満ち	一八五	陸稲刈る	三六五	雄を食ひ	三五三
炎天を	一〇五	黄麦や	一〇五	沖遠し	八六	おそるべき	八六
煙突の		悪夢背骨に	一三〇	かがみて寒き	九六	恐るる人	一七四
煙あたらし	一二七	渦巻く胸毛	一四〇	青年が釣り	一六六	おたまじゃくし	一六〇
真下看護婦	一二九	黄林に	二一九	沖に船	二五四	落梅は	二三五
園の卓	一五二	黄梅売	二一九	沖に群れ	二九四	落ちざりし	二四三
遠雷や	一五六	青梅の	二六八	沖へ歩け	三六〇	落ちしところが	二六四
園を打つ	一六七	大いなる	三五八	沖へ向き	九三	落椿	二三三
老いざるは	一六六	枯木を背に	二二四	沖まで冬	三六一	落葉しずかな	二四〇
老いし母	一三九	塵缶接収	二〇五	屋上に	三二〇	落葉して	二三三
老いて割る	一三三	大鴉	三三〇	草も木もなし	二三六	木々りんりんと	二三二
老いの足	三三・五五・八二	大枯野	一三一	双手はばたき	一三五	裸やすらか	二五九

落葉降る　一六九
落穂拾ふ　九一
落林檎　三六
男・女　八九
男が剪りて　二八八
男立ち　一〇二
男の祈り　一三五
男の顔　一六五
男のみ　三四
男の別れ　二六
音こぼし　二六二
音立てて　一四一
男等消え　一五三
踊り子は　二八七
躍り出て　一五九
踊の輪　二五四
踊りの輪
切れて崩れて　三五〇
つぼみひらけば　二九九
同じ羽色　三五九

おのが妻の　三三
おもかげは　二九五
海峡に　一六九
海峡の　一七三
海溝の　二六三
海溝終り　二六四
折鶴千羽　二六八
雄鶏に　二三八
雄鶏や　九〇
女あたたか　一七九
女が伐る　一六六
女呉れし　一二六
女立たせて　八八
女遠し　一〇〇
女哭く　八〇二

女の顔　二九六
女の顔　八一
女の手に　六五
女の前に　二五六
女のヨット　二六六
女の笑い　一六四

か

貝殻の　三三
海峡に　一六九
海峡の　一七三
海溝の　二六三
海溝終り　二六四
海道の　一〇一
海中に　一五三
塊炭を　一九九
貝すくなし　二五三
牡蠣に酢を　六四
餓鬼となり　九九
牡蠣啜り　九九
牡蠣吸り　六六
柿転ぶ　一六七
かかわりなき　一九三
かかる仕事　二六一
鏡餅　一七三
案山子ならず　一六九
顔みつつ　八・四五

柿むく手　九一
限りなく　九一
柿を食ふ　六四
学園の　三〇七
かくさざる　三五〇
角砂糖　一三三
かくし子の　八一
学僧も　一八五
隔離室　二四八
崖下に　三二二

峡畑に　一〇三
峡深き　二六一
貝掘るや　三二三
街路樹の　二五〇
街路樹は　三三四
かへり見る　一三三
顔近く　八一
顔ちさき　三一〇
顔つめたし　一九五
隔天使　一八五
顔天使　一九三

顔丸き　八六
極暑の息を　一六四

向日葵播きて 一三九
崖下の 一一八
崖下へ 一四〇
影過ぎて 三三
崖となり 一七九
影のみが 一〇五
かげろうに 二六六
陽炎に 二八三
過去そのまま 一二七
籠の鵜が 二一八
火山灰 二〇三
火事赤し 九六
河鹿の瀬 三六〇
かじかみて 一二七
梶鞠の 二九五
樫若芽 三四七
菓子を食う 一六六
数限りなき 二一六
風青し 二六八
風出でて 二五四
風白き
　貝塚過ぎて 三四一
　石灰台地 一四九
風とゆく 八・四五
風匂ひ 三五・七四
風邪の子に 二六七
風邪の子の 二六七
風邪の子を 二八七
風の闇 三七
風よよと 二一九
片蔭に 二〇一
片蔭の 一七八
硬き土 一五九
蝸牛 九〇
肩とがり
　月夜の蝶と 一三・四九
　天の秋燕を 三三
がつくりと
　祈る向日葵 一四三
　菜殻火消えて 一八五
滑走輪 二六
滑走路 一九
蝌蚪曇る 一一九
蝌蚪の阿鼻 三四一
蝌蚪の上 一二〇
かなかなは 三〇九
蟹が眼を 二一一
蟹死にて 二四六
蟹と居て 二一三
蟹の脚 二〇九
蚊の声の 一五五
かのといき 二九四
蚊の細声 二一一
黴の家
　去るや濡れたる 二一一
　単音ひかり 二三五
　泥酔漢が 二一一
　跳びだし急行 一七六
　振子がうごき 二二五
甲虫《かぶと》 一〇五
ガブリエル 三〇三
壁透る 一五七
壁にむき 三一二
かぼちゃ咲き 三三五
南瓜の花 一六二
かまきり立つ 一九〇
神が火を 一五〇
髪黒々と 三一二
紙芝居 三一一
髪長き 二五三
紙の桜 一八四
神の杉 二八一
紙の皮膚 三〇八
亀の甲 二一八
寡黙の国 三一七
蚊帳出でて 一六六
蚊帳の蚊も 二一六
蚊帳の蚊を 一〇四
蚊帳よろけ 二〇〇
蚊帳を出で 一六三

かゆき夏　一四
蛾よひとつ　三〇七
からかさを　九四
からかねの　三〇九
硝子戸が　一四二
硝子戸が　一四七
鴉飛び　一四三
鴉飛び　一六七
硝子の窓　一六七
硝子の窓　八二
鴉よ荒園の　一五〇
硝子割れ　一七七
空手涼し　一二六
刈株の　二三二
仮住みの　一九一
刈田青み　二三二
刈田照り　二六〇
枯るる中　三五四
枯園に　三五五
一滴涙の　三五〇
犬叱る胎に　六四
噴水立ち　三五五
枯木生く　三五四

枯樹鳴る　二〇六
枯芝を　三六三
枯土堤の　一六二
枯野行く　三六六
彼の死へ　一九三
彼の亡き　二〇〇
路あり赤き　二〇〇
枯野の縁に　一九五
枯野の木　一七三
枯野の中　一五六
枯野の日　一六六
枯蓮の　二〇〇
うごく時きて　九一
枯葉のため　三三〇
枯れ果てし　六八
夕べ秒針　三五七
皮のまま　二六一
河に水　二五八
蛙の大合唱　一八七
蛙の唄　一七二
蛙田に　二四一
河黒し　二二二
乾き並ぶ　二〇七
河暑し　二二二

枯広き　二二一
枯れ星や　二九〇
枯山に　二〇〇
棺あまり　一四〇
日はじわじわと　一五三
考えては　二七二
寒鴉　二六二
寒巌に　二三二
師の咳一度　一八二
乗る腹中に　一九四
寒きびし　二一〇
寒行の　二六四
寒清き　一六四
寒桥に　二三二
巌窟の　二六八
泉水増えし　二三七
泉水増やす　二三〇
寒月下　一七五
寒月光　九〇
寒月に　三二〇
街や雄牛が　三二六
水光り落つ　二一二
奔るや天使　三三五
怒濤つらぬき　九〇
観光船の　三五二

434

句	頁
寒肥まく	一九四
看護婦の	三一〇
関西逃れ	一六三
元日の	三一三
地に書く文字	
猫に幹あり	二六三
岩礁の	二七〇
甘藷刺す	二六一
寒雀	一五三
仰ぐ日の声	
おろおろ赤子	一五三
人の夜明けの	九六
眼帯の	一七六
寒卵	九六
寒中の	一九五
眼中の	一〇三
寒潮に	二六
カンテラと	三〇〇

句	頁
早天の	一〇四
寒天や	二〇六
寒燈の	一八四
寒燈を	一九五
艦に米旗	二三六
寒の兄	二一七
癌の兄	三〇二
癌の兄と	二〇三
寒の雨	二四一
寒の家	九七
寒の入日へ	三三一
寒の重さ	一五四
寒の狂院	三八
寒の空	三六三
寒の地に	二五
寒の鳥	三三〇
寒の中	一六八
寒の墓	一四〇
寒の浜	二〇二
寒のビール	三三四
寒の昼	二三五

句	頁
寒の星	一九三
寒の眉	二六四
寒の水	一三一
寒の闇	一五五
寒雷が	二八七
寒雷や	一七七
寒の夕焼	一二四
寒林を	一一二
寒林が	三五七
架線工夫に	二一五
雄鶏雌の	一二四
寒波なほ	三八
寒鮒黒し	一五二
寒鮒を	九七
カンフルの	九六
寒木が	一九四
寒星下	二四三
寒星は	六五・八四
機関車が	九三
機関車単車	二〇九
機関車の	二二九
機関銃	一七

句	頁
寒夜肉声	二一〇
寒夜の蜘蛛	三一〇
青空翔ケリ	三〇・六三
熱キ蛇腹ヲ	三〇・六六
一分間六百	三五・六六
いまなき闇に	三〇・六六
黄土ノ闇ヲ	三三八
翔ケリ短キ	三一・六九
機関銃ヲ射チ	三〇・六六
裂ケシ樹幹ニ	三一・六九
蘇州河を	三一・七一
弾道交叉	三〇・六八

地ニ雷管ヲ　二九・六八
天ニ群ガリ　三〇・六八
花ヨリ赤ク　三三〇
腹ニ糞便　三〇・六九
低キ月盤　二九・六八
眉間ニ赤キ　三〇・六九
闇ノ黄砂ヲ　三一・六九
闇ノ弾道　三一・六九
　夕ぐれもゆる　三三〇
樹々黒く　一九〇
木々の芽の　二九一
樹々ふるび　三二一
菊咲かせ　一三八
聴ク胎児　七〇
議事堂の　一八
議事堂へ　一八
議事堂を　三三三
汽車降りて　三三〇
汽車と女　一三・四八・一七九
汽車全く　一一六
機銃音
　蠍の雌雄　三六
　蠍の腹を　三六
北風《きた》あたらし　一九四
北風が　三一八
北風に
　愛されて眼に　三四五
　重たき雄牛　一一四
　牛角《ぎゅうかく》を低く　一一四
　群集が叫ぶ　六三
北国の
　意志の厳あり　一九三
　地表のたうつ　一三七
　やさしき西日　三五一
北風《きた》はしり　四三
北風《きた》吹けば　二六三
北への旅　二一九
きちがひの　六三
基地臭し　一七
喫泉飲む　三三五
汽笛とべり
　窓の乳白暁ちかき　三一六
　窓の乳白朝遠き　三一七
木になれぬ　二五一
黄に燃ゆる　三〇八
木の無花果　一六五
機の車輪　二六・五八・八三
木の男根　二六〇
木の椿　二一三
機の窓に　二六・五八
樹の蜜柑　九四
木の林檎　二四〇
気ままな鳶　二五一
君生きよ　一九三
逆襲ノ　三三・七三
旧火山　二三九
柩車ならず　一二六
胡瓜もぎ　一〇七
狂院の　一三九
狂院を　八九
行間の　三〇八
凶作の
　稲扱きの音　一八一
　刈田電柱　一八一
教師俳人　一三六
狂女死ぬを　一三
喬木に　一三〇
けふよりの　三〇四
行列に　一〇三
行列の
　頭は深く　一〇三
　嬰児拳を　一〇三
　何か嚙みては　一〇三
　みつむる土を　一〇三
聖き魚　九
聖き書　九
聖き夜の　九
巨犬起ち　二五三
巨大な棺　二一四
巨大なる

見出し	ページ
影も石切る	一六〇
蜂の巣割られ	一六六
漁夫の手に	一六七
切らざりし	二一三
切石負い	二四〇
霧がのむ	三〇〇
きりぎりす	三〇〇
空腹感に	三二八
夜中の崖の	三三一
切り捨てし	三二九
霧ながれ	三三六
自動車社旗を	三三六
電光ニュース	三三八
霧ひらく	三二九
霧の街	三〇八
古き軍歌の	三三九
防弾チョッキ	三三九
切れぬ山脈	二二〇
銀河の下	二〇四
銀簪を	三三五
金魚浮き	一八七
金銭に	二六〇
金銭の	二六〇
一片と裸婦	二六〇
街の照り降り	二七〇
金属の	一七〇
禁断の	三〇七
金の朝日	二一九
金の蝿	二五一
金蝿と	二一九
空港なり	六四八
空港に	六四八
兄と花束	三五六
憲兵あゆむ	六〇
空港の	三五六
青き冬日に	一九・五七・八二
硝子の部屋に	三〇・五七・八二
空中戦の	三三七
空中に	一八四
食えぬ茸	三三九
潜り出て	三六
供華もなし	二七
草枯るる	一六七
嘘また	三三四
草餅や	二五五
草萌ゆる	一六七
雲はしずかに	二六九
腐れし歯	三四四
九十九里	一〇六
鯨食って	一五一
久世子爵	二五六
くちぶれて	二五八
杳軋り	四一
ぐつたりと	二六〇
靴磨き	二五六
靴の足	二一八
首かしげ	三二四
首太く	二五九
熊ん蜂	一八四
雲厚し	三三九
雲いでし	一六六
雲黒し	一六〇
雲立てり	一三二
雲に毒	一三四
蜘蛛の糸	一六七
雲はしずかに	二六九
曇日の	八五
暗い沖へ	二六六
暗き湖の	六・六〇・八三
暗き露へ	一六八
暗き春	一七二
くらき人	三二四
暗き日の	一八
暗く暑く	一六二
くらやみに	一一〇
暗闇に	二四二
海あり桜	二一六
藁塚何を	二一七
栗咲けり	一六九
クリスマス	一九六

藷一片を　二三
馬小屋ありて　二三
貧間三畳の　三八
かの凍て星に　二六
神父の黒衣　二八
栗の皮　一七・五一
栗の花　二八
香のあをあをと　三八
けぶらひけもの　三六
ひしめく闇に　三六
めしひし水に　三〇
呼び合い犬は　一六一
われを見抜きし　一七五
暮るる礁に　一八
黒い道　三六
黒馬に　三六
クローバに　二六〇
黒髪に　二五四
黒き男　一八三

黒き蝶　二〇
黒き月　二二
黒き旗　二八
黒き人々　二六
黒く黙り　一五
黒雲から　一五
黒雲の　二九六
黒雲の　三〇六
黒雲を　三〇六
黒煙　三〇六
黒南風の　一八七
黒冷えの　二五四・三六
黒穂抜く　二三
ひとりは泣けり　一九三
童に鴎　二九二
黒みつつ　二八二
黒眼ひたと　三三
群集の　二四
ためろよろと　二〇二
中に父と子　一六三
軍票を　三三一

訓練空襲　六六
鶏犬に　二八三
計算の　六一
の鶏頭の　二六
硬き地へ貧弱　二〇
十字架の数　三五二
幹も鶏頭　二〇
下昇を吹く　二五四
潰れし夜　三五八
毛皮売　二九
陽ざしによごれ　二一
ビルの谷間の　二〇一
下駄はきて　二〇二
けだものに　三〇四
月下匂う　二〇七
月光と　一六九
月光に　一六六
月光の　一六六

霧に電燈　九二
つらら祈り持ち　二四一
月光を　二六六
月明の　一六六
けなげなる　二〇五
月光の　一六六
毛虫焼く　二七五
毛虫身を　三五
煙と排水　二四
煙なき　三二
けものの臭き　二一
けもの裂き　一六三
肩章や　三一
原爆の　二〇三
小赤旗　一九二
鯉うねり　三三二
恋過ぎし　一六七
恋猫と　一二二
恋猫の　八六
恋猫を　三三九

句	頁	句	頁	句	頁	句	頁
鯉幟	三一・三六六	工場祭	二九六	声太き	一五四	百匹殺し	一五二
恋の夜の	六三	工場長	二九五	凍り田に	三三二	胸にぶらさげ	三二二
公園の	三五五	工場へ	二九一	凍る沼	九二	闇より来り	一六三
号外屋	三三六	工場を	三二一	凍る沼に	一六二	黄金指輪	二五五
業火降るな	一六一	紅梅の	三二三	凍る道	三五二	木枯過ぎ	二一五
紅顔や	一四七	蕾を噴きて	三一一	凍る夜の	三〇四	木枯に	二一〇
高原の		みなぎる枝に	三二二	こおろぎが	三二九	木枯の	二三五
青栗小粒	三五七	紅梅や	三二九	こほろぎの	二六八	こがくれの	三〇一
蝶樹を離れ	三〇三	紅梅を	三五六	子が育つ	二〇七	一夜明けたる	二三五
蝶噴き上げて	三〇四	神戸の獅子	二七・三五六・八三	海ごうごうと	三九四	海ごうごうと	三九六
向日葵の影	一一〇	工場出る	二〇七	くに去り行くか	二六一	くに去り行くか	二六一
ごうごうと		吠えたり別れ	六六	一夜明けたる	三九六	ひびく体中	一二四
黄砂降る		吠えて愛しき	六六	真下に赤子	二六一	真下に赤子	二六一
あかゞねの月	三九三	蝙蝠仰ぐ	一〇三	木枯は	三二五	木枯は	一七一
あかゞねの月に	三九一	港湾や	一〇三	木枯も	三三五	木枯も	九四
麹干しつつ	三六八	声もらぬ	三三七	木枯や	一四〇	木枯や	九四
工場医	三九三	声涼し	二八二	木枯の大きな	一二一	馬の大きな	九四
院女かならず	三六	声なり	一三二	五月の地	三一	がくりがくりと	八一
白きマスクを	三九	声なり	一一〇	五月の夜	九四	昼の鶏鳴	八一
黙し尿を	三九	声なりし	一五二	子が泣けば	三六八	濃き汗を	二八〇
		声のみの	二六六	こがね虫	一八二	濃き影を	三〇七
				愚なれば躊躇	三四二		

呼吸合う　　　　　三七一
極寒の　　　　　　一八〇
　寝るほかなくて　一七一
　病者の口を　　　一六五
黒人に　　　　　　一六六
　黒人の　　　　　一六二
黒人の　　　　　　八八
　穀象と　　　　　八八
穀象に　　　　　　一七一
穀象の
穀象の
　一匹だにも　　　八八
　逃ぐる板の間　　八七
　群を天より　　　八七
穀象を　　　　　　八七
黒蝶となり　　　　八七
黒蝶の　　　　　　一六八
黒蝶は　　　　　　一四九
黒天に　　　　　　一四九
個々に太陽　　　　三五五
莫蓙負いて　　　　一四九
腰以下を　　　　　一六九

孤児孤老　　　　　一三四
腰叩く　　　　　　一八〇
孤児の癒え　　　　一六六
孤児の独楽　　　　一四七
孤児の園　　　　　一三八
腰伸して　　　　　二五三
腰さし　　　　　　二一九
梢には　　　　　　一一七
梢さし　　　　　　一七九
古代墳墓　　　　　二六六
応えなき　　　　　二六一
悉く　　　　　　　二六六
言絶えし　　　　　三三・七一
言葉要らぬ　　　　二五五
子と母と　　　　　二五二
子供の笛　　　　　二六九
小鳥の巣　　　　　二三二
子のゑがく　　　　二三一
この国の　　　　　三〇七
子を思ひ　　　　　二三三
木の実落ち　　　　三二六

木の実添え　　　　三六二
木の芽山　　　　　一六六
子の指先　　　　　一六六
個は全や　　　　　二三二
子は長身　　　　　二四〇
湖畔亭　　　　　　八二
湖畔亭に　　　　　六・五九
恋ふ寒し　　　　　六四・八八
拳もて　　　　　　三三九
氷下魚釣る　　　　三三九
あなた馬橇の　　　四一
夜明けの海霧は　　四一
小屋ありて　　　　二五〇
ゴリラ留守の　　　二四七
これが最後の　　　二三二
これは故　　　　　二三九
子を追いて　　　　二三三
子を思ひ　　　　　三〇七
嵯峨の道　　　　　一三三
離りゆく　　　　　四一
旺んなる　　　　　二四六
桜くもり　　　　　一九〇
桜ごし　　　　　　一六八
さくら冷え　　　　一七三

最高と　　　　　　二八
サーカスの　　　　一九五

さ

坂上の　　　　　　一三九
坂上に　　　　　　三一三
サイレンに　　　　三一三
夜半にめざめて　　三三・三六
よあけ雪嶺に　　　三三・三六
ゆふべ烈風　　　　三三・三六
祭典の　　　　　　三四〇

ごんごんと　　　　一三一
今生の　　　　　　一〇四
昆虫の　　　　　　三〇八

混血の　　　　　　一七二

さ

句	頁
桜冷え	三五
遠方へ砂利	三〇三
看護婦白衣	九七
石榴の実	三五七
叫ぶ心	三三・三八
五月闇	三〇一
早苗挿す	三三一
茶房あり	三三一
サボテン愛す	二六五
ざぼん黄色	二〇七
五月雨の	二六三
寒い教室	二六二
寒い橋を	二六六
寒い眼に	三三三
寒い眼に	三三三
寒き田へ	二六八
寒き手や	二四四
寒き花	三三五
寒き別離	二九〇
寒き窓	三六

句	頁
さむき夜の	三一四
さむざむと	三六六
左右の窓	三四七
騒ぎ翔つ	二二四
三階へ	二〇四
三月十日	一六一
軍用列車	三二九
この日烈風	一八三
老爺老婆に	一三二
塹壕に	三五・七四
眼窩大きく	三三〇
蠍の雌雄	三五・七四
尊き認識	三五・七四
塹壕を	三五・七四
塹壕江に	三五・七四
算術の	一三五
酸素の火	一九四
山巓の	三三五
三輪車	三六
椎どつと	二四

し

句	頁
椎匂う	二六一
潮垂らす	二六六
死火山の	三四七
死火山山麓	二二四
泉の声の	二〇四
かまきり顔を	一六一
死が近し	三二九
志賀直哉	一八三
仕事重し	一三二
死後も犬	二六一
死後も貧し	三一〇
死者生者	三三二
死後の	三二六
死後の	三一八
爺と婆	二六九
獅子頭	二一〇
爺と婆	二一〇
竜舌蘭に	一九四
共にかじかみ	三二九
死者を夢み	二六二
沈みゆく	一九四

句	頁
羊歯裏葉	二一八
舌重き	三六六
下向きの	三二五
下萌えの	二二一
七面鳥	一六一
失職の	二六九
湿地帯	一八三
実に直線	三八
自動車みな	二六一
猶太教寺院の	三二・四六
死顔の	三三二
死顔や	二一〇
死にし人と	九七
死にし人の	一六一
死にたれば	二一二
死にてからび	二六四
死の階は	二六二
死の軽さ	二六三
死の柩車	二〇二
師の柩車	一六九
死の灰雲	一八五

441　初句索引

死の灰や　一五五
恋のボートの　一五五
砂噴き上げて　一五八
死病の兄　一七一
地吹雪の　一五一
地虫鳴く　一三二
霜柱　一三二
霜ひびき　一八一
立つ音明日の　一二六
霜焼けの　一六二
薔薇の蕾に　一九三
薔薇の蕾は　二六三
市役所の　二三〇
尺八の　二三四
尺八の　二〇一
鵤を締む　二九一
ジャズの階下　一三
チヤズの階下　三一八
しやべる恋　一九七

しやべる老婆　一〇一
銃暑し　二三〇
驟雨々々　二三五
秋園の　二三六
縦横の　二七九
銃火去り　二七九
十月の　二八一
雨粉炭の　一八九
屋上に海を　二二二
秋耕の　八八
十五夜に　二一〇
十五夜の　一八
怒濤へ若き　一六八
舟にすつくと　二二二
秋山に　二二二
秋山の　二五四
しゆう／＼と　二五〇
鞦韆に　二五〇
鞦韆の　二五〇
美き脚漕げり　二九〇

振子とまれり　二五〇
鞦韆ゆ　二五〇
秋庭の　二一〇
秋に　二三六
秋天の　二三三
秋天に　二〇七
秋天を　八六
自由な鳶
重爆機　二二二
秋霖や　二三九
祝福を　二一七
春光と　三〇二
出勤の　二〇六
出勤簿　三五〇
小市民と犬　二〇六
ひらく弁当　一六
春山の
胎内へ汽車　二九五
氷柱みずから　三二三

春園の　二五〇
巌頭ゆで卵　一六七
ホースむくむく　一七二
春画に吹く　二二四
しゆんぎくを　一〇七
春暁の　二九一
春暁へ　二五八
春月よそに　二四〇
春光と　三〇二
春山に　三〇二
春山を　二四五
路の牛糞　一〇〇
あさの電車に　四一
ゆふべ互みに　二五四
主も我も
春水の　一二七
春昼の　二二四
生ける剥製と　三六八
ひるげ哀しき　四五一
よふけを家に　四五一

厳やしたたり　三三
洋書部守り
春泥に　二六九
春眠の　二六
春雷の　八五
女医の恋　二五
女医の手に　一三三
正月の　三六
昇降機に　二四・吾七・八三
昇降機　二七
昇汞水　三四
照射燈　三〇二
少女指せば　六七
少女舌出す　一九三
少女二人　二〇一
焼酎の　一五四
昇天せり
穢土には凡愚　三四
つばさに潮の　三三
てつぺん青き　三三

霧笛のこだま　三三
衝突の　二六七
小児科の　三二
燭寒し　七六・四三
職場へ行く　一六六
燭ゆらぐ　四三
少年工か　三二五
少年工　三二三
少年ノ　一三三
少年兵　四五・七二
少年を　四五・七二
小脳を　二六五
ひやし小さき魚をみる　九
ひやし小さき魚を見る　六八
冷しちひさき魚を見る　三六
冷しちひさき猫とゐる　三六

女学院　三二・四八
初夏太陽　六七
白き衣の　二六九
白き馬　四一
白き書と　三三
白き手の　三〇二
白きもの　三〇二
白きもの　二六九
城攻める　二七一
処女の背に　六〇二
職工群　三三四
城高し　三四〇
代田出て　二二一
城の樹に　三三八
城の濠　三二九
城古び　三六六
城山が　二七一
しらたまの　三三一
白む五時　二〇五
臀丸き　一九〇
死霊棲み　二六四
白芥子の　二六六
白魚を　二五七
書を読まず　一二五
書を売るは　三三八
除夜眠れぬ　一一三

白馬を　一三・四八・六九
白き衣の　六七
白き馬　四一
白き書と　三三
白き手の　三〇二
白きもの　三〇二
城攻める　二七一
城高し　二四〇
城の濠　三二九
城の樹に　三三八
城古び　二二四
じわじわと　二〇五
城山が　二二
鱵だまし　一九〇
咳きて　七・四三
新燕に　一八四
塵芥の　一六六
しんかんたる
白服の　二七九
白服の　二二九
白む五時　二〇五
白芥子の　二六六
昭和穴居の　三一二
松林の　二・二四
白息を　一八三
白息黒息　一八四

初句索引

一

夏野の呼吸　三〇八
湯疲れ光る　三六〇
信じつつ　二七七
新じやがの　二四二
新樹に鴉　三六
寝台を　一六二
しん底寒し　八七
新年を　三五三
深夜の歯　一〇・四七
診療着　一八・五三
新涼の　三二〇
深緑蔭の　二四
頭上げ下げ　二〇六
西瓜切るや　一七五
吸殻を　三二五
水族館　一四〇
水平線　三三二
水兵と　三二〇
睡蓮に　三五三
数百と　一八二

二

素手で掻く　三三七
砂曇り　二三二
砂白く　八
寡婦のパラソル　五四
寡婦のばらそる　九三
砂の庭　二八〇
砂湯出て　二六〇
脛黒き　三三九
頭の上に　一五七
すみれに風　二四
すみれ揺れ　一九六
静臥せり　四二
聖燭祭　七・四二
工人ヨセフ　四一
尊き使徒等　四一

三

姿なく　三三二
寒明けの地を　一八三
深き水田の　二六八
娶らぬ教師　七
石炭に　一八六
せゝらぎや　二九四
石階を　三三八
絶叫する　三七・一五
雪原の　二九
長き汽笛を　三四〇
山まで誰か　一一六
石工若し　二六三
切に濡らす　一〇四
絶壁に　一三二
絶壁の　一六
雪片を　一八六
雪嶺や　一二九
銭はどこに　三二二
銭欲しく　三二七
蝉穴の　三六七
せまりくるは　三〇三
鮮血喀く　三二六

四

聖誕祭　三三二
男が流す　二〇六
わが体出でし　三二〇
青天に　二六三
青天へ　一一六
青年と　三四〇
青年に　一〇四
青年の　一三二
青年は　二九
妊まぬ夫人　七・四三二
マリヤを知らで　三〇二
石人を　七
西天の星　三九

戦死記事の　三三一
戦場の　三三一
戦争の　六二
千の鴨　二五九
船尾より　二七一
戦友よ　三五・七三
戦友ヲ　三・七三
船欄に　二〇六
占領地区の
　丘の起伏に　三八
　牡蠣を将軍に　三八
洗礼経し　一四六
操縦士　一九・五三・八一
草食の　二五八
雑炊や　九八
造船所
　壁無し言葉の　一八三
　寒燈も酸素の　一八三
象みずから　二四七
僧を乗せ　二四・三三六
添伏しの　六一
速力線　三三〇
底は冥途の　二五四
卒業す　三四一
卒業近し　一九六
卒業の　二六六
卒業や　二二一
そのあたり　二三六
空青し　一七〇
空にごる　三〇六

た

退院の　三一三
大学生　二五六
対岸の　一四五
大旱の
　赤牛となり　一〇四
　赤三日月の　二〇四
　岩起す梃子　二〇三
　崖の赤土　二〇三
　きりぎし海へ　三四七
　田に百姓の　一三
大寒の
　小石かゞやき　三七
　手紙「癒えたし　二五三
　電柱一本　一七〇
　トンネル老の　九八
　猫蹴つて出づ　九六
　富士なり天に　二八二
　富士へ向つて　三二一
　街に無数の　九六
　松を父とし　九七
　炎え雲仰ぎ　二六三
大旱や
　子の泣声の　二〇三
　トラック砂利を　二〇三
大寒や　九七
大魚跳ね　三五八
胎児蹴ル　七〇
胎児老ケ　七〇
胎児痩セ　七〇
大鉄塔の　二五九
胎動に　三一九
体内に　二一八
ダイナモに　三一九
ダイナモの　三一九
ダイナモは　三一九
体ぬくし　二二五
台風一過　二一七
颱風が　一四三
颱風来つつ　一八
颱風くる
　堀割蒼き　二九九
　窓におびゆる　二九九
颱風の
　崖分けのぼる　一三三
　最後の夜雲　一三一
　街に血色の　三四四
　目の空気中　二三八
颱風前　二一七

颱風無限　一七五
大仏殿　八五
太陽涼し　二六〇
太陽へ　二三四
太陽や　二五一
平らなる　一七五
倒れたる　九一
田掻馬　二三五
たかぶりの　二〇七
耕しの　二五四
耕すや　三三五
没日つめたき　九一
小石つめたき　三二〇
耕せり　三三三
鷹を売り　八六
滝青し　二九二
薪割る　一三一
薪能　二二一
滝爪立ち　九三
滝の前　六五

滝の水　九二
卓上に　八五
旅ここまで　二五〇
濁流や　一八・五三
ダグラス機　二三四
旅の梅雨　二三三
旅毎日　一六六
重き手を上げ　一三〇
秋の西日に　一七六
竹伐り置く　九一
筍の　二四四
駄犬駄人　二六一
凪揚げて　二六一
凪踊る　二八六
凪の糸　三三五
立ちて凍つ　九一
立ちて逃ぐる　三三九
立退きを　二八六
脱走せり　一七一
塔中や　八六

脱糞して　一三三
断崖下の　一三三
種牛や　三五五
種まく手　二五三
田の上の　九二
煙草捨て　一五〇
球を獲て　一三〇
魂迎　二五〇
垂れし手に　二三三
垂れ髪に　一六六
ダムの上　二六八
ダム厚く　二二三
街の鏡の　三三・五七
眠れぬ貝が　一二一
正午蛇行の　一二三
五月の顔は　一二三
美しき女　一八六
あかつきの雷　二三・六六・八二
青無花果に　一三〇
誕生日　一五〇

ゆふべの硬き　三三五
断層に　三三
断層の　三三
上下にありて　二四〇
目盛りがありて　二三九
夜明けを蝶が　一〇〇
弾道下　三二七・七一
煖房や　二六一
たんぽぽ茎　一七二
たんぽぽ地に　一四七
たんぽゝの　三九
煖炉燃え　三〇三

見出し	頁	見出し	頁	見出し	頁	見出し	頁
知恵で臭い	三六	地に消ゆる	九七	突き上げて	二六九	椿ぽとりと	二五二
地下鏡廊	六三	地にころぶ	一五三	月あゆみ	二六四	翼あるもの	三二一
地下室の	八二	地に立つ木	一三一	月落ちぬ	二七二	翼なき	一六〇
近づく雷	二七	月落ちぬ	二六四	月枯れて	三二〇	燕の子	一六〇
地下の街	二九	血ぬれし手	一四〇	月の出の	三二三	燕の巣	二四五
血が冷ゆる	三・七〇	血ぶくれの	一八八	つぎはぎの		燕の巣に	一七二
地からすぐ	二〇四	月の出の	三一〇	秋の国道	一八九	つばやく名	二三八
地下を出て	一〇二	月枯れて	三二〇	診療着園		亡妻恋いの	三四〇
地球儀を	三〇五	乳房吸う	二六九	月も早り	三四四	つめたき石	一九一
竹林に	三〇	中年や	六七	月夜少女	二九・六一	爪立ちに	一三一
竹林を	九	中学生	三二四	月夜です	三三五	爪をもて	一九〇
父と兄	三七	宙凍てて	一八九	月夜の蛾	三三五	爪半月	一二・三四
父と子の	二五	遠くみのれる	八七	男・女の	一〇七	爪をもて	三二六
形同じく	二四	独語おどろく	八五	墓原を抜け	一〇七	爪立ちに	三三一
紙鳶ぶんぶんと	三四	よろめき出づる	八八	土色ぼったの	二〇三	つめたき石	一九一
父のごとき	一七五	貯炭場の	二六九	通夜寒し	一八〇	つまずく山羊	一六〇
亡父亡母よ	三〇七	地より口へ	一六一	爪をもて	三二六	梅雨明けの	二五七
父掘るや	一二四	地を蹴つて	二三七	爪立ちに	三三一	梅雨赤日	二三五
ちちろ声	一七	血を流す	三三〇	つめたき石	一九一	梅雨明り	二三五
父われを	三八	陳氏来て	二一三	つまずく山羊	一六〇	梅雨荒れの	一六二
		土団子	一八四	爪とぐ猫	一五九	砂利踏み天女	
		土ひややか	一七七	爪半月	一二・三四	睡蝶濡れ	二〇一
		つつじ赤く	二八六				
		つつばむや	三〇				
		つつ立ちて	二三七				
		つかみ啖う	三三二				

地に石多し　一四二
梅雨鴉　一五一
露乾き　一七九
露暗き　一七九
露けき夜　九〇
梅雨去ると　一七七
梅雨雀　一六六
梅雨ちかき　二〇一
梅雨の馬　二〇一
梅雨の崖　八五
露の草　二〇五
　噛む猫ひろき　二四六
　抜き来て政の　一五二
露の航　二五九
梅雨の坂　二四二
つゆのたま　二五四
梅雨の地に　二二三
露の薔薇　二三五
梅雨の日の　八六
梅雨の窓　三一

梅雨の山　三一
梅雨の卵　一四〇
弟子葬り　一五一
梅雨はげし　一五一
梅雨烈し　一六七
梅雨晴れたり　一四一
梅雨晴れ間　一四一
梅雨ふかし　八八
梅雨富士の　一六六
梅雨降れり　三九
強き母　一二六
氷柱くわえ　二七一
つらら太り　三一
泥雲の　二五六
貞操の　二六八
剃毛の　二六八
泥炭や　二六六
手の蛍　二二五
手の甲の　二六六
手にくだく　二三五
鉄路打つ　一六四
鉄棒に　一六二
鉄板に　一六二
鉄の手に　一六〇
鉄の手が　一六二
鉄色に　一六三
鉄球の　一六三
鉄塊の　一六三
手を椀に　一三〇
手がそよぐ　一二四
手を挙げて　三二九

弟子の忌や　三三
手を振って　三三
手を分つ　三三
石壁の角　一四八
寒き並木は　一八二

手品師の　三二四・四八・六九
敵空へ　八六
手鏡に　二〇三
出水後の　二六八
照る岩に　二〇三
照る沖へ　一二五
手を挙げて　三二九
手をこすり　三二九

手を振って　三三
手を分つ　三三
手を碗に　二〇〇
天暑し　一二四
天球に　一五四
電球に　一二四
電工の　一三〇
電工が　一六二
天守閣　一八四
電工や　一六二
天井に　一六四
転生や　二〇七
天守閣　一七三
電線が　二四〇
天高し　二〇二
天旱　二三六
天地太古の　六六
電柱が　二四〇
電柱の　二五五
電柱も　二二四

天に鳴る	二九	馬を日暮の	三〇	東方の	九
天女の前	二〇一	どの黒牛も	九二	灯まぶし	三〇四
天の国	二三	一人となりて	三三	冬眠の	二六三
天の園	二六	棒の如きが	三五	鳶の輪の	二六四
天の星	三四	蟷螂の	三〇	鳶光る	二〇七
天の雪	九一	短き鍬が	三〇	飛ぶものは	二六八
電報の	一九	冬耕を	一五	どぶろくや	三九
籐椅子に	三〇七	同根の	一六	トマト熟れ	三五
冬園に	六六	東西より	三九	トマト喰ふ	三三
凍海の	四一	童子童女	二六・五六・八三	とらず唸る	一〇三
燈火なき	二五	道場の	三三	ともすれば	六二
東京タワー	三七	童女かがみ	一六	友とわれ	二四
東京に	一六	銅像の	一四九	友掲きし	一一六
東京の	二九	銅像は	一四・五〇	友の死の	三二三
東京の	二六	冬天に	三三	共に寒き	一一六
洞窟に	三五	大阪芸人	二六・五六・八三	友の妻	三二四
道化出で	一七・五三・八〇	彼と我が翼を	二六・五六	友はけさ	三二四
冬景を	六六	凍天へ	九三	友婚り	一〇二
道化師や	一七・五三・八一	冬天を	一九・五四・八一	土用波	一六四
冬耕の		塔に眼を	三九	土用波へ	一六五
馬より低く	三六	豆腐屋の	二六五	鳥も死にしか	二六六

戸を閉めて　三四七
鈍重な　一六三
遁走の　三三六

な

なお北へ　三三六
なほさむき　三〇五
長柄大鎌　三三六
長さ一丈の　六一
汝が舅　三五九
長病みの　一〇・四六・七九
渚来る　三五九
鳴きしざり　三三四
哭きつつ消えし　二七六
鳴き残る　一九一
哭く女　二・五四・八二
泣く声共に　三四二
茄子畑　八六
何故か帰る　一〇四
菜種星　一四八
夏暁の　八〇
　子供よ地に　一六・五〇
　子供よ縄を　三三七
　新聞ギギと　三三七
夏荒れし　八八
夏落葉　二五六
夏涸れの　一五五
夏草に　一八八
夏草の　二七六
夏草も　三三五
夏黒き
　船の何処かで　一〇三
　松に登るを　三四三
夏潮に　二七六
夏蝶を　三三〇
夏濤に　三六〇
夏の谷　三六〇
夏の闇　一〇五
夏の夜の　三〇四
夏はじまる　一六二
夏痩せて　一五五
夏山へ　三五八
何か叫ぶ　一五〇
なまぐさき　三〇八
生創に　一三一
海鼠嚙む　一八三
生ぱんと　二四三
波うつ麦　一六三
涙出づ　一三四
波なき夜　二四七
波を出て　二九七
舐め癒やす　二四三
汝も吠え責む　二一三
奈良の坂　三三四
奈良の道　三三三
鳴るポンプ　二三三
苗代の　二〇一
何の花火　三四五
二科の午後　三一八
二科の窓　三一八
握りめし　一五七
肉色の　一九七
肉煮る香　一八五
憎みつつ　三四〇
逃げ出す小鳥も　二四六
逃げても　一〇四
西赤し　二一六
虹の環に　一一七
西日照る　一八八
西日中　一三〇
西日の中　三四七
二十一年　三三七
日曜日
　黄なる火を焚く　三五〇
　寒き虹見し　六三
　わが来て惚るる　二一八
日蝕下　一一〇
日蝕や　一一〇
日本海　三五一

日本海の　一三七
日本の笑顔　二六九
日本の神　一四一
入院車へ　二七八
入院や　二七八
入道雲　一六四
潦　三三四
認識票　三三〇
泥濘と　三五・七三
泥濘に
　生ける機銃を　三五・七三
　少尉倒れん　七三
　少年倒れん　三四
泥濘の
　死馬泥濘と　三四・七三
　つめたさ春の　一七三
濡れ紙で　三二七
濡れて貧しき　一七四
盗汗ふく　三三五・三三六
寝がへれば　二六七
葱の花　一七三
葱坊主　一六二
猫一族の　二五六
猫が鶏　一一三
猫が人の　九六
猫が啼く　三一一
猫に啼き　一七七
熱砂来て　一〇六
熱砂に背を　二五六
熱さらず　一五・五〇・八〇
熱湯を　三一一
熱ひそか　一五・五〇・八〇
熱風や　二九七
熱を病む
　おのれが鳴らす　二九二
　手足がへんに　二九二
　骨がしだいに　二九二
合歓咲けり　一七七
眠らへぬ　三二〇
寝るに手を　一五九
ネロの業火　三三一
寐んとして　九五
年齢なし　三四五
野遊びの
　家路の自動車　二九四
　籠のくさぐさ　二九四
　皆伏し彼等　一一九
脳底の　三三一
脳天に　一四六
能の面　九〇
農夫婦　一九八
農婦来て　一〇七
脳弱き　二六四
のがれゆく　三一四
のけぞる百舌鳥　一八九
野良犬と　三三三
野良犬よ　二〇七
海苔粗朶もて　九三
野を焼く火　一四七

は

肺癒えよ　一四九
這い出でて　二七九
肺おもたし　一・四七
排泄が　一六一
廃船に　二五三
敗戦の　三五九
敗戦日の　一四三
肺強き　一四一
廃兵の　二〇五
蝿生れ
　天使の翼　三三四
　墓石を舐め　一九七
蝿黒く　一九五
蝿しかと　三四三
蝿叩き　三五〇
蝿と遊ぶ　二四七
墓に告ぐ　一〇六
墓の地に　一〇六

墓の前　一五五
墓の群　三六
墓の雪　一五六
墓原に　一〇
萩真白　一五六
白砂眩し　一五九
麦秋や　二六
帽燈弱く　二六八
若者の髪　三四
剝製の　一六
白濁は　二六
ばくと蚊を　二六四
葉鶏頭　二六四
禿山に　一九一
弾道学と　二六・七三
禿山の　二六・七三
梯子あり　三三
バシと鳴る　二三七
箸ばさむ　一八〇

走る軍馬　三二一
走れずよ　二一〇
蓮池にて　二六
蓮池より　一〇八
蓮掘りが　二八
蓮田無用の　一六六
裸そのまま　二六七
裸田を　一三二
畑に光る　二六八
はたく〳〵の　三一四
働かぬ　一八
働きに　一八
働くや　一六四
蜂に濡れ　一五九
蜂は脚　一八四
蜂巻が　一六〇
蜂蜜に　一七五
爬虫類の　三〇八
初釜の　二一〇
発光する　二一〇
初蟬の　一六七

初蟬や　三二一
初蝶や　二一〇
初日さす　二六
畦老農の　三二
はばたく鷁　一〇八
蓮田無用の　二一〇
童女に犬の　二六七
八方に　一七〇
初猟の　一二五
初漁を　三〇一
鳩の渦　三二二
花売女　三〇九
鼻風邪や　一六五

花火滅亡す　二七〇
華やかな　一三二
跳ねくだる　二六
はばたく鶴　二六
羽ばたけり　一七七
婆手打つ　二六七
母の腰　一六八
浜木綿を　二六六
速い汽艇　三六九
早舟の　二六
パラシウト　三〇一・三二
ばら色の　三二二
ばら植えて　二六〇
薔薇展の　一三五四
薔薇に付け　二六五
薔薇の家　九〇
犬が先ず死に　二六八
かつら外れし　二六八
薔薇の芽の　三三二
腹へりぬ　二六・六一

薔薇を剪り　八五
針金と　三五五
玻璃天井　三〇七
玻璃窓を　九五
春が来て　一四八
春草に　一〇〇
春田深々　二六七
春菜を買ふ　九九
春に飽き　一一九
春の嵐　三四九
春の入日へ　二八三
春の馬　一〇〇
春の海　二六〇
春の駅　一八四
春の沖へ　一九五
春の崖に　一九五
春の小鳥　二四三
春の洲に　一九七
春の昼　一一八
春のホテル　六七
春のミサ　二三
春の夜の　一〇〇
春の夕日　三五〇
春の雷　三四九
春は君も　一七三
春浜に　三三
ハルポマルクス　一六・五〇
春ゆふべ　一一
春を病み　二八三
晩夏の音　二〇四
晩婚の　一三
半身に　三三二
斑猫《はんめう》が　一四八
万緑の　二七一
ピアノ鳴り　二〇・五四・八一
ピアノ烈し　一七一
灯がともる　四三
光りつつ　一七四
光り飛ぶ　二四四
光る針　一九九
光る富士　二六
光るもの　三五三
光る森　二三六
飛機の影　三〇三
低き細き　一五五
ひげの鯉に　二六七
髭の紳士　三三三
ひげを剃り
　小さき畑を　三一八
　百足虫を殺し　一〇一
飛行音　一四一
飛行音に　一五六
飛行機よ　二六五
美校生　三一八
飛行路の　三五〇
肥後乙女　三五六
ひこばえの　三五九
膝そろへ　一一七
膝にあて　二一一
膝に菓子の　一七一
びしよぬれの　一五八
びしよ濡れの
　梅雨川切つて　一七五
　闇のかなたに　三〇三
　闇の象嵌　三〇三
美女病みて　二四九
ひそかなる　二九一
日空さび　三一一
ひつぎめく　三〇九
穭田の　二五九
ひつそりと　二五一
旱り坂　三四七
旱り田の　一六五
旱の子　二〇三
旱星
　沼にはあらず　三三四
　われを罵る　一〇五
人が焚く　一二五
行人《ひと》去りて　二九七
一粒ずつ　二五四

ひとつ星　三二五
人遠く　二八三
人と並び　六六
一波に　三三〇
人の影　八六
ひとの子負ひ　三五三
ひとの子の　三五六
人や聞く　二九六
ひとり聞く　三一〇
一人ヅッ　三三・七三
一人の盲兵を　三七・七五
独りゆけば　一五九
人を焼く　一三八
雛の蹴爪　一八四
美男美女に　二六五
微熱あり　二・四七
火の粉吐き　三一八
火の玉の　一二六
日の出前　一八五
日の遠さ　三三
火の山の　二四三
びびびびと　一〇四
向日葵の　三五五
向日葵播き　一八四
向日葵を
　折らじと鉄の　三四五
　降り来て蟻の　一四一
百姓が　三四六
百姓の
　影大旱の　一〇六
　ゆまるや寒の　三三五
百人の　三五四
百の貧　一九二
百穴に　二六六
日雇の　一七〇
病院の
　岩窪の霰　一九五
　奥へ氷塊　一五五
　春雨鯨肉　三五三
　中庭暗め　二七八
病孤児の　一四三
氷霰の
　かなた気球の　四三
　削りし頬に　三一八
病室の　一六六
病者起ち　一三九
病者の手　一三九
病舎へ捧げ　一七三
病者等に　一五九
秒針の　九八
氷の月　一一七
病懶の　三三一
病廊に　一三九
病廊を
　鼠逃がるる　三四四
　蜜柑馳けくる　一三九
ひよどりの　二八一
昼閑か　二八八
昼月も　二五三
昼寝覚　二五七
昼寝の国　一四三
昼の今　一三九
昼の鵜や　二一八
昼のおぼろ　二四三
昼の虫　三五〇
昼ふかく　三三三
昼三日月　八
広島が　三三七
広島漬菜　二六三
広島に
　黒馬通り　三三七
　月も星もなし　三三六
　林檎見しより　三三七
広島の
　忌や浮袋　二〇三
　夜蔭死にたる　三三六
　夜遠き声　三三七
広島や
　石橋白き　三三七
　卯食ふ時　三三七

初句	下句	頁
物を食ふ時	富士白し	一九二
灯を消せば	富士高く	一三五
火を焚きて	富士満面	一九二
火を焚くが	富士見ると	一六一
貧弱なる	二つづゝ	一六二
貧なる父	ふつふつと	一四一
貧農の	葡萄あまし	一五六
風化とまらぬ	葡萄園に	一六五・一八〇
風雪の	夏を肥えたる	一六四
笛吹き立ち	葡萄をつくり	一二七
深く寒し	葡萄園の	一二〇
武器商人	夏や見えざる	一三二
武器商人の	女を男の童	一三三
欠伸の顔が		
声なき笑	葡萄呉るゝ	一三一
蕗の薹	葡萄園の	一三一
蕗を煮る	舞踏場の	一三八
太きかな	舞踏場へ	一三八
ふと匂ふ	天より降り	一五九
吹く風に	天怒る	二七
河豚喰いて	冬海の	一八〇・五二
河豚鍋や	船の煙突に	三二〇

初句	下句	頁
船めざめ	冬潟の	
冬かぶさる	冬かぶさる	
冬鴎	冬鴎	
冬河の	冬河の	
このため生れ	呼吸の孔を	
冬霧の	冬霧の	
冬草に	冬草に	
冬雲と	冬雲と	
冬越え得し	冬越え得し	一九五
冬薔薇	きちがひの貌に	
むしり喰ひて	魚はとほい	三六・三七
冬滝を	魚は遠い	一〇・六六
冬菜畑	むしり喰ひて	
冬に生れ	冬滝を	
冬の園	冬菜畑	
冬の鏡に	冬に生れ	
冬の蠅	冬の園	
冬の蜂	冬の鏡に	
冬の日は	冬の蠅	
冬の山	冬の蜂	
冬霞	冬の日は	

冬浜に
　犬の頭骨 三三九
　沖を見る子の 九三
　死を嗅ぎつけて 二六一
　老婆ちぢまり 九二
　老婆夜明けの 三三九
冬日あり 二六一
冬日照覧 一九二
冬日地に 三〇・五四・八二
冬日見え 一四五
振り上ぐる 三四五
ふりかへり 三〇九
振香炉 四二
降りつもる 二七九
ふるえ止まぬ 一七三
ふるさとの
　草田男向うへ 一五六
　美作《みまさか》の梅 二九八
降る雪ぞ 三一七
降る雪の 八四
降る雪を
　高階に見て 三三四
　背に雪を這ふ 三四四
触れざりき 二〇九
浮浪児の 八八
風呂場寒し 一九二
不和の父母 二一八
粉黛を 二一九
文鳥の 二五〇
兵隊が
　ゆくまつ黒い 二四
　征くまつ黒い 三三六
兵隊に 三八
兵を乗せ 三七・七五
ベコベコの 一三
別離の顔 六七
紅茸を
　打ちしステッキ 一二四
　怖れてわれを 一二四
蛇出でて 二五三
蛇の卵 一八七
　ヘヤピンを 一九四
　垂直降下《ヘルダイヴ》
仰ぐ老年の 三三・七二
一頭の馬 三三・七二
哄笑天に 三三
人体宙ニ 三三九
青楼の午後 二四・七二
地下に蠢き 二四・七二
南京虫の 三三・七二
編隊機 三・五五
弁当を 一一七
変な岩を 一五八
母音まるし 三二七
砲音に 三・七〇
砲音の 三三一
砲音を 一〇・四七
傍観す 一八四
忘却の 二三五
防空燈 二八八
法師蟬 一〇八
放送の 二九六
厖大なる 三・一五六
棒立ちの
　急所急所に 一八九
　銀河ひげざら 一五一
砲弾裂け 三三〇
呆と人待つ 六二
棒に集る 二四七
豊年の 二〇七
豊年や
　牛のごときは 一二五
　湖へ神輿の 二〇五
　電柱の身の 三四二
　松を輪切に 一二五
ぼうぼうたる 三・七一
暴落や 三六一
法隆寺 一三九
豊隆の
　胸の呼吸へ 二四一

胸へ舞獅子 一〇七
亡霊の 三五八
咆えてもみよ 一七三
吠える犬 一七八
朴落葉 二九二
ボート同じ 一三九
ボートの腹 一四八
ホールの灯 三一八
ほくろ美し 一三九
木瓜の朱へ 二八三
星赤し
　暗殺団の 三六一
　翅うち交む 一〇三
干甘藷《いも》に
　戻り沖辺に 九三
　昨日の日輪 九三
干甘藷《いも》を 九三
星中に 一四一
星闇の 三一八
ほそき靴 八・四五
細き靴 二五三
硬山《ぼたやま》の 三四六
螢売る 三二一
蛍過ぎ 一〇三
螢火を 三六〇
牡丹蔓 二九一
墓地を出て 三三八
北海の 一五八
北極星 三二一
ホテルの灯 三〇〇
舗道の陽は 三〇一
仏見る間 二〇一
骨の像 三一七
骨の掌に 四三
骨のみの 一八八
掘り出され 一二七
掘りて食む 三〇〇
濠の水 三五八
捕虜共に 三・七一
捕虜共の
　手足体操 三・七一
　飯食へる顔 三・七一
捕虜の国の 三六・七五
掘割を 三〇一
ぼろ市さらば 二四二
ぼろ市に 二四二
ぼろの旗 二二四
ボロの旗 三一三
滅びざる 一二四
亡びし樹に 一〇三
滅びつつ 一一三
ボロボロの 三〇三
盆も終りの 三五〇
ぼんやりと 一〇八

ま

舞の面 九〇
まかげして 二三五
曲る梃子 二三〇
まくなぎに 九四
まくなぎの
　阿鼻叫喚を 九四
　中に夕星 九四
　憂鬱をもて 九四
まくなぎを 九四
真黒き汗 一四九
鮪抱く 二五一
マスク洩る 二一六
貧しき退院 一九六
貧しき通夜 一六三
街角の 三三二
真つ向に 二三八
松さかしま 三五七
松過ぎの 三四八
全き別離 二四六
全しや 二六四
松の花粉 一三三
松の花
　柩車の金の 一四・四九
　葬場の屋根 一四・四九

松山平らか　二九
祭果て　二六九
祭果てし　二六九
窓々の　三〇五
まなぞこに　三一〇
真昼の湯　二八
まみ赤き　三一〇
　蟆の子　一六九
　聖姉妹より　一四〇
眉と眼の　一六三
真夜中の　一六三

枯野つらぬく　一三五
黒い電柱　三六
丸い寒月　三三
マロニエに　二九七
廻る寒し　一四四
回る木馬　一九七
満開の　一五七
満月の　二二一
満月下　一八
満月で　三五

満月の　三五
　かぼちゃの花の　一四
　荒野まっすぐに　三五七
饅頭を　三二
満天に　二六一
万年の　二五四
見えぬ雲雀　二六〇
見おろしの　一六四
みかへりの　三五
未完成の　一八三
蜜柑地に　三六
蜜柑山の　七三　三・四八・七九

見事なる　一六二
右の眼に　三六二
短夜の　二六八
水ありて　三〇九
みずすまし　一八九
水飲みて
　激しき雪へ　一四七
　実となりし　二六四
　酔う秋晴の　三二九

溝川に　二三七
み空ゆく　三〇五　二〇・六六・七九・三六
　孤りの鼠　四三
みぞる夜は　二四
　裏かと　一三六
道ありて　一三六
道寒し　六二
道しるべ　一三三
道につぶれ　三〇六
水漬くテープ　二九六
みつまたの　一八九
みつめられ　三三二
身を屈する　一三二
眠りおろし　一〇八
昔々の　三六八

水枕
　がぼりと寒い　三六
　ガバリと寒い
みどり子を　三五二
みな大き　八九
みなかみの　二〇九
身に貯へん　二三〇
養虫や　三三五
　眠りの長さ　三三五
　蓑の枯葉の　三三五
　蓑を引きずる　三三五
養を引きずる　三三五

みどり子の　一七四
みどり児も　一三七
みどり子を　三五二
みな大き　八九
みなかみの　二〇九
身に貯へん　二三〇
養虫や　三三五
実ばかりの　一六五
耳噛んで　二六五
耳立てて　二三六
耳に手を　二二二
深雪掻く　二三一
みつめられ　三三二
身を屈する　一三二
眠りおろし　一〇八
昔々の　三六八

麦暑し　三〇八
麦熟れて　三二
麦殻の　二四五
麦刈りや　二七一
麦車曳き　一九九
麦の丘　二一八
麦の芽が　一三六
麦の芽を　三三九
麦ぼこり　二四五
麦飯に　一六四
麦藁の　一五〇
無口の牛　一九六
虫鳴いて　二四六
虫の音に　二七七
蝕ばめる　三一〇
襁褓はためき　三二一
胸毛の渦　一五〇
胸いづる　一三九
メーデーの
明るき河に　一三九
旗を青嶺の　三四七
眼がさめて　三〇八
眼鏡かけて　二四四
運りつゝ　三一五
雌が雄　一七九
雌雀に　一九九
眼そらさず　一九一
めつむりし　一〇三
眼に偸む　二八九
芽吹きつつ　三一四
芽吹く樹の　二六六
芽吹くもの　一九五
目守る雪嶺　一三七
眼をあけて　一八六
眼を張りて　二〇三
眼を細め　三二六
眼を以つて　三四六
面壁の　二四〇
亡者来よ　三一三
炎えている　二五五
木犀一枝　一四四
木馬めぐり　三一四
黙々北の　一三七
黙々と　三四三
喪章買ふ　一四・四九
百舌に顔　一〇八
百舌鳥に顔　一一四
百舌の声　九一
餅食へば　一一七
餅搗きし　一三六
餅のかび　二八一
餅ふくらむ　一七〇
餅焼けば　三三三
餅を食ひ　一一七
黙契の　一八一
モナリザ常に　一二七
モナリザに　一三三
モナリザは　二三五
物いわず　一八六
物いはぬ　三〇九
物が見え　一八八
もり上り　二九〇
紋章の　三三三
門標の　三〇九
もんぺの脚　二五三

や

薬師寺の　二六九
焼跡に　八九
焼石の　二七五
灼けし貨車　三一七
焼けし樹に　九五
焼原の　一一六
夜光虫　三三六
夜光虫の　一五六
野菜買ふ　三三三
痩せ陸稲へ　二一八
耶蘇ならず　一三三
山削る　一三三
山の樹の　三三三

459　初句索引

初句	頁
山の手に	三九
山の雷	三三
山の若者	三一〇
山畑の	三三
山鳩の	二四
病み枯れの	三六
闇を馳け	三七
病む顔の	三九
病む美女に	三六
やはらかき	三〇
やわらかき	三六
子等梅雨の間の	三三六
蟬生れきて	一〇二
柔肌の	三一一
夕風や	三三二
夕霧に	三九
夕雲を	二〇六
夕雲の	三三六
夕刊の	三四〇
郵便車	三〇・五三・八一
夕寒き	三四

初句	頁
ゆふやけの	三九
夕焼けの	三一〇
夕焼へ	三一〇
夕闇に	三四
夕闇や	二四
雪国や	三七
ゆきずりの	三四
雪空に	三五
雪ちらほら	一五三
雪つもる	三七
雪の上に	九一
雪の町	八三
雪の夜は	三〇四
雪の夜の	四六
雪晴れの	三一一
雪降れり	三六
雪山に	三七
雪山呼ぶ	一六九
雪山を	二四〇
雪よごれ	三五〇
よしきりや	一九〇
湯の岩を	一七五

初句	頁
指をもて	三四二
夢に来る	三〇四
ゆりかごの	三五
百合匂ひ	三四
百合におう	一〇三
ゆるやかに	一五五
揺れていし	三〇
めぐる木馬は	三〇
夜の春を	三五三
世に敗れ	三〇五
世の崖の	三五四
夜の桜	一五七
夜の寒さ	三三三
洋書部の	二六九
酔ひてぐらぐら	一一六
熔岩の	三三七
夜が明ける	三〇四
美き躯に	二四
夜の蠅の	一六二
裸婦の図のふと	九〇
夜の沼に	二〇六
夜の深さ	二四
夜の吹雪	二三七

初句	頁
ヨット出発	三五
ヨット混雑	
オーデコロンの	二一〇
言葉のごとく	三三二
夜の桃を	三三
夜の別れ	三三
呼ぶ声や	三三六
夜が来る	二五〇
夜となる	一〇二
夜の秋	六八

460

夜の馬	一六八	老兵の	三〇	リアリズム	三三	冷房に	三三
夜の湖		銃口動く	三〇	力士の臍	二九	見えて正午の	三七
あゝ白い手に	三八・七〇	弾子しづかに	三三	流燈の	三七	身を沈め恋ひ	三七
夜の雲	八七	喇叭高鳴らせ		冷房にて	三五・五八		
夜の塔	一三五	裸馬ぼくゝ	二六五	夜も顔つけて	二七〇	冷房の	
夜の雪	三元	遠に欅の	二六九	天愚かなる	二七〇	朝千様の	三三
夜半の雨	三〇四	捨てた煙草は	二六九	夜消しすすみ	二七一	時計時計の	三五・六五・八〇
夜を飢えて	三〇一	畑は日闌けて	二六九	列へ拡声器の	二七一	レール打つ	三五八
		裸婦の図の	二六九	時計時計の	三五・六五・八〇	烈風	三三四
ら		褐髪春の	二六九	レール打つ	三五八	孤児がナイフで	一〇三
雷落ちし	一六八	美き丘と	二六九	流木を	三三四	電柱に咲き	二九
雷火野に	三六	ラムネ瓶	三三	緑蔭に	三〇五	煉炭が	
雷つつむ	一四	握りて太し	三三	刈落されし	三二	眠れる家に	三三六
雷とほく	二六	太し九州の	一四九	ゲートル巻きし	三二	夜蔭の其処に	三三六
雷と花	二四・卆	卵しごきて	二四一	三人の老婆	一六・五五・八〇	煉炭の	
雷の雲	三六・六一	卵白し	二四一	緑蔭の	二三五	ある闇いつも	三三六
恋敵の（ライヴァル）	一四〇	卵一つ	卆三	緑蔭より	二〇一	煉炭の	三三六
雷若し	三〇三	蘭の花	二六六	ルカの箸	一六四	臭き火税の	一五四
老兵と	二〇〇・三三	卵割りし	一五〇	縷々といふ	三三五	死灰がどさと	三三
				臭き火税の	二九	十二黒洞	三二
				死灰がどさと	三三	束を阿吽と	三六
				十二黒洞	三二		
				束を阿吽と	三六		

わ

煉炭を	三六	蠟涙の 二三
老鶯や	三〇	露人の歌 九六
老眼や	三五	露人ワシコフ 九二
老残の		
老少の	三一	
捕虜そむき眠る	三六	わが悪しき 一四
捕虜そむき寝る	三五	わが寒星 二三八
老人の	二一	若き漁夫の 二六
老年の	八七	わが来し天 二七・六九・八三
老年や	九〇	わが汽笛
老農の		若き蛇
老農の	三五	藁塚の
老婆来て		若くして
赤子を覗く	二四	笑つている
魚の血流す	二六一	
耕人の数	三四〇	
老婆出て	三六六	
老斑の		
月より落葉	三二	
月よりの風	三二	
手を差し入れて	三三五	

汗が肥料や 一六〇
頭が走る 一五〇
木の墓ますぐ 二四
わが家の蠅 一三一
わが家より 一三〇
別れきて
栗焼く顔を 一七・五・八〇
別れもたのし 一七・五一
笑う漁夫
藁塚作る 一九一
藁塚の
笑はざりし 一六・五一
笑つている 一六

若者の
若者死に失せ 一三九
わが墓の 九二
わが天に 一〇三
我も投げ 一〇二
われ滅び 九七
王氏歌ふ 三・五五
王氏の窓 三・五五

季語索引

*本書所収の全句を、概ね角川書店版『合本俳句歳時記　第四版』及び『角川　季寄せ』に従って、季語別に分類、現代仮名遣いの五十音順に配列した。

*漢数字はページ数を示す。無季の句や季語の確定できない句は、本索引に収載していない。

あ

青嵐（夏）三五
青無花果（夏）一六
青梅（夏）六八・二〇一・二三三・
青柿（夏）八六・二三五・二六五・二六八・
　一九二・二三五・二六五・二六八
青胡桃（夏）八六・二〇二・二四一
青鷺（夏）二六
青歯朶（夏）一六
青芒（夏）二七
青田（夏）二三
青蔦（夏）三六・二六三

青葉（夏）三四
青葡萄（夏）一三三
青みどろ（夏）二六〇
青麦（春）一八五・二六・二三三
青林檎（夏）二六

秋（秋）一六・二六・二六七・
秋草（秋）一六〇
秋近し（夏）一五一
秋高し（秋）一九二・二三六・二六八
秋の朝（秋）一九五・二三七
秋の雨（秋）一〇・二三一
秋の蚊（秋）二七〇
秋の海（秋）三二二・三五五

秋風（秋）八・四五・八九・二六〇・
秋の潮（秋）九〇・二三六
秋の園（秋）一六〇
秋の空（秋）八九・一〇・一二四
秋の土（秋）三二一
秋の蠅（秋）一九〇・二二七
秋の蜂（秋）一七六・二四
秋の灯（秋）二二〇
秋の日（秋）一七九・一八〇・

秋の暮（秋）二五〇・二五九・二七七・二九九・
秋の昼（秋）三六

秋の水（秋）　一六九
秋の森（秋）　二〇九・二四〇・二六〇・
秋の山（秋）　一五〇・二七七
秋の夜（秋）　九一・一四四・二〇六・二九二
秋晴（秋）　三一九
秋深し（秋）　三二三
秋祭（秋）　三三七・三三七・三四〇・
麻（夏）　三五
薊（春）　二六八
朝顔（秋）　二六四
朝焼（夏）　一六五・一九六・二九七
汗（夏）　三四・二四七・二六〇・三〇七
畦塗（春）　一七・二六一
暖か（春）　三一九

暑し（夏）　二〇四・二一四・二二四・二三七・三三五・三六〇・三六七・
海女（春）　三四・二五七
虻（夏）　三六五
天の川（秋）　一五一・一七四
水馬（夏）　三九
霰（冬）　一八・一九三・二六一・二六六・二八一・
蟻（夏）　一六三・二〇八・二四三・三五五・
蟻地獄（夏）　二五・一八〇
息白し（冬）　二〇九・二三三

泉（夏）　二〇四・二三五・二三六・二三七・
無花果（夏）　一六一・二二四・二三七
苺（夏）　一五三・一六六
凍つ（冬）　三三
稲（秋）　一二五・二八一・二九五・
稲妻（秋）　一〇五・一八一・二九五・
稲雀（秋）　九一・二七九
稲刈（秋）　一六七・二三五・二六八
稲扱（秋）　一八七・二二六
芋（秋）　一三二・二三九
鰯雲（秋）　一六六・一九六・二六六・二七一・
炎天（夏）　一〇三・一〇九・二〇五・
枝豆（秋）　一〇三・一〇四・一〇五
運動会（秋）　三三三
浮塵子（秋）　三三二
孟蘭盆会（秋）　二四〇

梅干（夏）　二五・一七〇・一九六・
梅（春）　一五八・二五二
団扇（夏）　八七・二七
空蝉（夏）　二〇〇
薄氷（春）　二六八・三三四
鶉（夏）　二六八・二六二
鵜（夏）　三六・二八九
植田（夏）　三三二
鵜飼（夏）　一〇〇・一七二・三一九
鶯（春）　三三三・三三三・三四二・三五四・
晩稲（秋）　三二九
大晦日（冬）　三六九・三四六・三五五・

464

落葉（冬）九〇・二六一・二九三・
踊（秋）八五・九〇・二〇四・二六四・三五三・
落穂（秋）九一・二二九・三一〇・
朧（春）
朧月（春）二九一・二四三
泳ぎ（夏）二〇四・三二六・三六七・三七〇
蛾（夏）一五六・一六二・一六六・三三六・
蚊（夏）八五・一六二・二〇四・二三一・三一〇・

か

蚊（夏）一五六・一六二・二〇四・三四〇・
外套（冬）一〇四・二〇・三二四・三四〇・
案山子（秋）九一・二三三
鏡餅（新年）一五六・一八三

牡蠣（冬）二六一・六四
柿（秋）九一・二三三・二三四・一六七・
書初（新年）三一〇
陽炎（春）二一一・二六六・二八三・
火事（冬）六六・八三・三五一・
河鹿（夏）三六〇
悴む（冬）四二・三二七・二七六・
梶鞠（秋）二九五
霞（春）一九六・二四三・三六六・
片蔭（夏）一七六・二〇一
蝸牛（夏）八五
蝌蚪（春）二九六・二一〇・二六〇・
風邪（冬）一三三・二六七
門火（秋）一〇三・二二二・一二二・
蟹（夏）一〇二・二六二・二四六・三四九・
黴（夏）二二二・二六七・一二九・

兜虫（夏）一〇五
南瓜（秋）二八
南瓜の花（夏）二三二・二四一・
蟷螂（秋）一九〇・二六五・一四七・
天牛（夏）二六四
雷（夏）四一・二三二・二六八・二一九・
蟷螂
蚊帳（夏）一二三・二四〇・二四三・二四九・
鴨（冬）二三五・二六九
蚊帳（夏）一七六・二〇〇・二〇三・三四六・
蛙（春）一三三・二四〇・二四三・二四九・

狩（冬）三〇〇
刈田（秋）二一〇・二三三・二九一・
枯蘆（冬）二六一・三二四・三五四・
枯木（冬）二六一・二四四・二六五・
枯草（冬）二〇九・二〇五・二八一・二六七・
枯園（冬）二一・五五・六六一・八二一・
枯野（冬）二三六・二九五・八三・二六一・
枯蓮（冬）九一・一二六・二八七・
枯葉（冬）二二〇
蛙（春）一四一・一七四・二八七・
寒（冬）六六・九一・二二五・二二七・
雁（秋）八五・二三四

寒明（春）一八二・二三二・二六・三四六・
三四七

寒鴉（冬）一二四・一三二・二六二・二五二・

寒肥（冬）一五九

寒風（冬）一五二・二〇九・八三・

寒鮒（冬）九八・一五三

寒林（冬）一二七・一二六・一四

寒波（冬）一二六・一五八・一八三・
三三七・三三九

寒雀（冬）二四二・二五三・二五二・二八一・

甘藷（秋）九三・一三三・二三六・

元日（新年）九六・二六三

寒垢離（冬）一五四

寒卵（冬）九五

寒潮（冬）三・二六・五四・八二・二三三

寒の水（冬）一七〇・一八二・
三五九

菊（秋）一三八・一四〇・一四一・
一三九

雉（春）二二・二〇・二・四一・

北風（冬）二六・一〇・二・二四一・

霧（秋）二三九・二四〇・二五〇・二五六・
三二九・三五〇・三三五

胡瓜（夏）一八七・二六

キャベツ（夏）一六〇

茸（秋）一二四・一三三・一三九・
三二六・三五五

嚔（冬）三二四・三四〇

草萌（春）二六八

草餅（春）二六九

鯨（冬）一二五

蜘蛛（夏）一六六

雲の峰（夏）一六四・二一六

海月（夏）二六

栗（秋）一七・二六・五三・八〇・
二六三・一〇三

栗の花（夏）一七五・一九一・二〇六・二三二
三六

桐の実（秋）一二六・一三六・一四三・一四八・
一二七

金柑（秋）一三三

金魚（夏）一六一・一六六・一七三・
一八七

黒南風（夏）一八七

鶏頭（秋）一五〇・一五五

毛皮（冬）一四七・一五〇

芥子の花（夏）二五四

罌粟坊主（夏）八五

草笛（夏）一三二

草の芽（春）一五二・一六九・二〇二

草いきれ（夏）二一〇・二四〇

厳寒（冬）一七一・一九五

紫雲英（春）二五二・二六七

原爆忌（夏）二〇二・二〇三

鯉幟（夏）三三・三六七

紅梅（春）九二・二一一・二三二・

黄葉（秋）六一

蝙蝠（夏）一六三

氷（冬）一〇・一〇三・四〇・一六五・
三五九

クリスマス（冬）二八一・二六八・三〇一・三〇二・

毛虫（夏）八五・一〇一・二三五

466

凍る（冬）二七・九五・八三・九一・
　二二三・二三三・二四四・三〇〇・

五月（夏）三九
　三五・一〇一・一四〇・

蟋蟀（秋）一〇九・一三二・一七・
　三〇二・三〇四・三〇六・三一八

金亀子（夏）三三・三三三・
　三三三・三五五・三五七

凧（冬）一七・六一・三一・二六〇・
　九四・九五・二一四・二一八・

ごきぶり（夏）一〇三

極暑（夏）一二四

穀象（夏）八七・八八

東風（春）三一四

小鳥（秋）二〇三

木の葉髪（冬）一八四・二四四

木の実（秋）一〇八・二三二・二三六・
　二五・一六八・四二・四六・

木の芽（春）一四・一六八・

独楽（新年）三六六

氷下魚（冬）四一

嚔（春）三六一

さ

桜（春）八二・一二八・一七六・一八一・
　一五四・二五四・二八二・一九二・

石榴（秋）八四・一六八・一九・二二二・
　三三二・二五四・二六五・二〇七・

五月闇（夏）一〇一

早苗（夏）二四二・二六六

仙人掌の花（夏）二六五

朱欒（冬）二〇七

五月雨（夏）二五・二六・四二・四四・六六・
　二五〇

寒し（冬）七九・一〇・二〇・二一・
　二五・二六・四二・四四・六六・
　一五・三八・一六・一一二・
　一三五・一六八・二〇・

鮫（冬）二九五

冴ゆ（冬）二九五

爽やか（秋）一六六

三月（春）三五五・三三二

椎の花（夏）二四四・二六八

汐干狩（春）二四一

鹿の子（夏）二六九

時雨（冬）二六〇

獅子舞（新年）一六七・二一〇

下萌（春）三一一

地虫鳴く（秋）三一一

霜（冬）一五九・一六九・二〇六・

霜夜（夏）二六一

霜焼（冬）一五三・二六三

霜柱（冬）一三六・二六一

十月（秋）一八九・二三四・二三八

石鹼玉（春）二六〇

鵙鴣（夏）二六一

秋夜（冬）二六一

秋果（秋）二三八

秋耕（秋）八九・二三四・二三八

鞦韆（春）二一〇

終戦記念日（秋）二三二・二三五

十薬（夏）二五五

種痘（春）一四〇

春園（春）一七三・二一七

春菊（春）一〇七
春暁（春）二三六・二六五・二六三・
春潮（春）二六・二六九・二九〇・
春昼（春）二八・二五七・三三二
春光（春）三〇三
春泥（春）二六
春灯（春）二六八・二六九・三二〇・
春雷（春）八五・二四九
春眠（春）三五二
春林（春）二五四
正月（新年）三三一・三六六
正月の凧（新年）三三一・三四八
初夏（夏）六二・一九〇・二六一
除夜（冬）二三
白魚（春）三九
代掻く（夏）二五

白靴（夏）一〇六
代田（夏）二四
新馬鈴薯（夏）二五
新樹（夏）二九・二三〇・三三五・
世田谷のぼろ市（冬）六六・四六四・八四二・一三七
石炭（冬）一六
雪嶺（冬）二五五・六四・八四・二三七
新年（新年）一六六・一七〇・
新涼（秋）二三
新緑（夏）二四・二五一・二五〇・
睡蓮（夏）三五二
芋茎（秋）三二〇
杉の花（春）二六二
涼し（夏）八七・一七〇・二三七・
西瓜（秋）一八八
雀の子（春）三三三・二三七・三五五
炭（冬）一四六
童（春）二九・三三三・二三五・二六六
聖燭祭（冬）七・四一・四三

大根（冬）二三・二〇八
大暑（夏）一五二・一七五
施餓鬼（秋）三〇〇
咳（冬）七・四二
蟬（夏）八七・二六八・一三〇・六三・
石炭（冬）一六
雪嶺（冬）二五五
新年（新年）一六六・一七〇・
新涼（秋）二三
卒業（春）二八・一二七・一六・
雑炊（冬）九六
セロリ（冬）一八八
西瓜（秋）一八八

た

大寒（冬）九五・九七・九九・九八・
田植（夏）二七・二八・一八・二七・
台風（秋）一三一・一三三・一四二・
滝（夏）六五・六六
薪能（夏）二二二
焚火（冬）一二・一二四・一二五・一六・
耕（春）三四〇
竹伐る（秋）九一
筍（夏）一八六・一一四
凧（春）二五・三二四・三四〇・三五五・
七夕（秋）二五・一四〇・一八一・三三二
種蒔（春）二四・六〇・八三
玉葱（夏）一五二・一四五

玉虫（夏）一〇三

鱈（冬）三七

端午（夏）三・一二

暖房（冬）二六・一六一

蒲公英（春）一四七・一七二・二二九

煖炉（冬）三〇三

千鳥（冬）三元

蝶（春）一九・一〇〇・二二〇・二六・二二二・二三四

躑躅（春）二六八

椿（春）二二三・二四・二四

燕（春）一二四・一六四

燕帰る（秋）三五・三三三

燕の子（夏）一六〇

燕の巣（春）二四五

冷たし（冬）一九・一〇・五五・八一・九二・二四七・二六

月（秋）三三・三六・三一・四一・四三
三四・三七・三八・三九・三五三
六一・六六・七〇・九〇・九二・
一三三・一六七・一八八・
二〇六・二二〇・二三四・
二五〇・二六八・二九二・二九七・
三五五・三三七・三五六

梅雨（夏）八五・八六・一〇一

梅雨晴（夏）一二四・三五一

土用波（夏）一六四・一六五・三七

団栗（秋）一六八

蜻蛉（秋）二二三・一四二・三〇一

茄子（夏）八六

な

氷柱（冬）一七・二三三・二三四・二四一

鶴（冬）二二・四八・八〇

手袋（冬）二四

籐椅子（夏）一六五

唐辛子（秋）三九

菜種刈（夏）一五・八〇・八〇・八八

冬耕（冬）九二・一五八・二一〇

冬眠（冬）三六二・二六三

玉蜀黍（秋）三二〇

蟷螂枯る（冬）一九一

灯籠流し（秋）二四〇・二七二

蟋蟀（夏）八八・一五〇・二一七

夏（夏）一五・八〇・八〇・八八

夏野（夏）一〇一・二二七・二六九

夏木立（夏）一〇四

夏氷（夏）一五五・一七五

夏草（夏）二七六・二九七・三一〇・二四三

夏の暁（夏）一六・一五〇・八〇

夏の海（夏）三四七・二六〇

夏の川（夏）一五五・二〇〇

月見草（夏）二九四

蔦（秋）一五七

霾（春）三・六八・四九・二九一 三五八

露（秋）九〇・一六六・一七九・一六八・二〇八・二四六・二九五・二七二

常磐木落葉（夏）二六九・三三三・三六〇

心太（夏）三三三

年の暮（冬）九五

トマト（夏）三二一

夏の霧（夏）三七
夏の雲（夏）一七五・三三三
夏の潮（夏）三三七・三五三
夏の空（夏）三六・二六六
夏の蝶（夏）一四・一四九・一七六・
夏の日（夏）三七
夏の星（夏）八二・二〇五・三三四
夏の山（夏）二〇〇・三五八
夏の夜（夏）三〇五
夏服（夏）一六・三二
夏帽子（夏）一五九
夏痩（夏）一五
菜の花（春）一四・一七三
海鼠（冬）一五二
苗代（春）二〇一
南京虫（夏）三二・七三
濁り酒（秋）三九
虹（夏）二九・三五五・一七七・三三三
西日（夏）二四・二五五・二一〇・三六四・

葱坊主（春）一〇一・一六一・
葱（冬）三二
猫の恋（春）六八・一九五・二七〇・一七七・
合歓の花（夏）一七七
野遊（春）一一九・二五五・二六四
野菊（秋）三五
長閑（春）二八・三二〇
蚤（夏）一六・三六八
野焼く（春）一六・二二七・三五五
海苔（春）九三・三三三・二三六
野分（秋）八八・二三九・三三五・

は

羽蟻（夏）一〇三・三二六
蠅（夏）一五・五〇・八〇・一三一・

蠅取（夏）一五一
萩（秋）一三二・一四一・一四九・一六二
白菜（冬）一五六
葉鶏頭（秋）一九一・一四六
稲架（秋）三六五
蓮根掘（冬）一六七・三三三
蓮の花（夏）一〇三
裸（夏）二三三・二三〇・二六四
鰰（冬）二三三・二三〇
蜂（春）三〇一
蜂の子（秋）一二三・二八四・一六六
八月（秋）三三一
初釜（新年）二一〇
初鴉（新年）三三一
初日（新年）二一〇・二一一・三六八
初富士（新年）三六八
初漁（新年）二一〇
花（春）二三二
花曇（春）九九
花種蒔く（春）一五九・一六四
バナナ（夏）一三七
花火（夏）一五・一三一・一五〇・二五五・
花冷（春）九九・一七一・一九一・
花見（春）一五四・二三五・二六五
羽抜鳥（夏）一四三
浜木綿の花（夏）二六六
薔薇（夏）二六六・二六〇・三五〇・三五四・

470

冷やか（秋）　一七二・二一〇・七
冷ゆ（秋）　三・一〇・二四〇
氷菓（夏）　一三三・一六八・二四
鴨（秋）　二六一
昼寝（夏）　八八・二四四・二五七
蕗（春）　一〇〇
蕗の薹（春）　一三三
河豚（冬）　一六八・一六九
河豚汁（冬）　二三〇
藤（春）　一三〇・二六七
復活祭（春）　二六六
葡萄（秋）　一六八・一五一・一八〇・二六二
冬（冬）　七二・七五・八二・八三・六六
吹雪（冬）　一〇・一四六・一四七・
舟虫（夏）　一〇六

万緑（夏）　二七一
日傘（夏）　八・二五
干潟（春）　三五八
蠶（夏）　二四
蜩（秋）　一七五・二四四・二五七
蘗（春）　二七九・二三九
稗田（秋）　二五九
早（夏）　一〇二・一〇六・一三一・
火取虫（夏）　二三三・二三四・二〇五
雛祭（春）　三三・二六二
火の番（冬）　二三三・二三二
火鉢（冬）　三二五
雲雀（春）　二一七・二八一・二六〇
馬鈴薯の花（夏）　二三三
向日葵（夏）　二七・二五九・八三・

春の鳥（春）　一九・三三三・二四二
春の波（春）　三五三
春の沼（春）　一〇〇
春の蠅（春）　一五七
春の日（春）　一五・二四一
春の星（春）　一九・二五・二四〇
春の水（夏）　一八〇・二五八
春の山（春）　一〇〇・二一〇
春の夜（春）　三三三・二四・二三九
春疾風（春）　二九・二三・二三〇
春の夜（春）　一〇〇・二六〇
春待つ（冬）　二六五
晩夏（夏）　二八・二三七・二四六・二六〇
晩春（春）　三二八
斑猫（夏）　一六八

薔薇の芽（春）　三五五
春（春）　一八・二六五
春着（新年）　一八五・二八・二六五・
春駒（春）　二一〇・二三五
春雨（春）　三四・三五三
春田（春）　二六六・二六七
春菜（春）　九六
春の海（春）　一六五・二九七
春の川（春）　三三三・二三四・二六〇・
春の草（春）　一三五
春の雲（春）　三六・二七三・二六九
春の暮（春）　二・二九・二五八・
春の月（春）　三四・二六三・二三〇

冬の川 （冬） 一六二
冬の海 （冬） 五五・五六・八二・九二・九六・
冬野 （冬） 二六・二四〇
冬の雨 （冬） 二三三
冬菜 （冬） 九三・二六三
冬田 （冬） 二三
冬薔薇 （冬） 六二・三〇三・三五四
冬景色 （冬） 六六
冬草 （冬） 三〇・四八・八一
冬枯 （冬） 六・二四四・二六六・
冬木 （冬） 一五二・二三一・二四〇・二四四
冬霞 （冬） 三・五五・八二・二六六
冬鴎 （冬） 三・二五九
冬霞 （冬） 三六六
冬の暮 （冬） 二四・二六七
冬の園 （冬） 一八三・二三二
冬の空 （冬） 六四
冬の雲 （冬） 二五五・二五二
冬の霧 （冬） 二六一

冬の星 （冬） 一五二・二三五・二四一・二四三・
冬の水 （冬） 二五三
冬の山 （冬） 一三二・二二六・二三七・
冬の田 （冬） 二三
冬の滝 （冬） 一九五・一二七・二三〇・
冬の月 （冬） 二五一・二五四・二三六・
冬の鳥 （冬） 一九三・二一〇
冬の波 （冬） 二四・二三九
冬の虹 （冬） 六三・八四
冬の蝿 （冬） 一四・二三九
冬の蜂 （冬） 一六・二七九
冬の灯 （冬） 八四・一三六・一八三・

冬の夕焼 （冬） 一二五
冬の夜 （冬） 六三・六五・八四・
冬の雷 （冬） 一六・二五二・三一〇・二四三・
冬日 （冬） 八五・二五・二五七・二四・

噴水 （夏） 一五五・二六九
芙蓉 （秋） 一六
冬日 （冬）
冬の雷 （冬）

牡丹蔓 （夏） 二九一
木瓜の花 （春） 二五三
ポート （夏） 一六〇・二六五
法師蟬 （秋） 一〇八・二六
蛇穴に入る （秋） 二三六
豊年 （秋） 三三五・二〇五・二〇六
朴落葉 （冬） 三五二
蛇 （夏） 一二九・二二〇・二四八・
蛍 （夏） 一五一・二〇三・三一一・三六〇・
蟷螂 （夏） 九四

ま

鱒 （春） 二四一
マスク （冬） 一二六・三六六
松落葉 （夏） 二六〇
松過ぎ （新年） 三五八
松の花 （春） 一四・一九七・二二三・
祭 （夏） 三四七・二六六

蝮（夏）一六九・一八六
豆の花（春）三三

曼珠沙華（秋）三五・一四三
蜜柑（冬）一六・一〇五・一六〇・二七七・
　二九・二八七

短夜（夏）二六八
水澄む（秋）二六
霙（冬）四四・九八・三〇二・三〇三
南風（夏）三〇〇・三三七・三六八・
緑さす（夏）三〇七
三椏の花（春）二六七
水着（夏）二六七
水涸る（冬）二八・三六
蓑虫（秋）三五七
蚯蚓（夏）一四三
蜥蜴（夏）一〇二
麦（夏）二八・二三一・一九〇・
　二四〇・一五〇・二六〇・二六七・

麦刈（夏）二五三・二九
麦の秋（夏）二八・二四・二七・三六五
麦の芽（冬）一六・二五二
麦踏（春）三九・四四六
灼く（夏）一〇六・一六・二〇四
名月（秋）一〇八・一六八・一八八
夜光虫（夏）一六八・二六六
夜桜（春）二二
焼野（春）三二七
メーデー（春）一六九・二六五・二四六
芽組む（春）二六九
木犀（秋）一四
鵙（秋）九一・一〇六・一〇八・二二四
餅搗（冬）一八・二〇六・二七・二三五

や

籾（秋）八七・三三四
桃（秋）二八
焼諸（冬）三二
夜光虫（夏）一六八・二六六
夕焼（夏）三一〇・一二六・二四〇・
夕立（夏）三二四
雪（冬）八四・九七・九八・一二六・

雪しろ（春）一七三
行く年（冬）九五
行く春（春）六七
百合（夏）三六・二七・六三・六二四
夜寒（冬）二八七
葭切（夏）一九〇
ヨット（夏）二五五・二六六
夜の秋（夏）八一

ら

ラガー（冬）二六八
落花（春）三五四・二五五
落花生（秋）三三
ラムネ（夏）二六・二四九

蘭（秋）一五〇・二三七・三五三

若緑（春）一〇〇・一九・二九三

立夏（夏）二六六

蕨（春）三五八

立春（春）八八

藁塚（秋）九二・二六・二七・一九・三五三

立秋（春）一四

柳絮（春）二六八・三五六

流星（秋）二三

流氷（春）三一

竜舌蘭（夏）三六

良夜（秋）八九・三三六

緑蔭（夏）一六・五〇・八〇・一〇一・一三一・一〇〇・二三六

わ

林檎（秋）一六・六九・八三・二六・二七五

冷房（夏）一五五・六九・八〇・三二七

煉炭（冬）一四五・三三六

老鶯（夏）二〇四・二六八・三六〇

本書は左記を底本とし、編集にあたり『西東三鬼全句集』（沖積舎、平成十三年七月）を適宜参照しました。
○「旗」「空港」「夜の桃」「今日」「変身」「『変身』以後」「自筆年譜」・『西東三鬼句集』（角川文庫）昭和四十年八月
○「拾遺」「自句自解」『西東三鬼読本』（『俳句』四月臨時増刊）昭和五十五年四月
自筆年譜のうち昭和三十一年迄は三鬼本人によるもの、三十二年以降は大高弘達氏により補記されたものです。三鬼自筆の項のうち、記憶違いなどによる多少の誤記はありますが、そのままとしました。

本書には、びっこ、きちがい、狂院、第三国人など今日の人権意識や歴史認識に照らして不当・不適切な語句や表現がありますが、著者が故人であること、扱っている題材の歴史的状況およびその状況における著者の記述を正しく理解するため、底本のままとしました。

西東三鬼全句集《さいとうさんきぜんくしゅう》

西東三鬼《さいとうさんき》

平成29年 12月25日　初版発行
令和6年 11月25日　13版発行

発行者●山下直久

発行●株式会社KADOKAWA
〒102-8177　東京都千代田区富士見2-13-3
電話　0570-002-301(ナビダイヤル)

角川文庫 20612

印刷所●株式会社KADOKAWA
製本所●株式会社KADOKAWA

表紙画●和田三造

◎本書の無断複製（コピー、スキャン、デジタル化等）並びに無断複製物の譲渡および配信は、著作権法上での例外を除き禁じられています。また、本書を代行業者等の第三者に依頼して複製する行為は、たとえ個人や家庭内での利用であっても一切認められておりません。
◎定価はカバーに表示してあります。

●お問い合わせ
https://www.kadokawa.co.jp/（「お問い合わせ」へお進みください）
※内容によっては、お答えできない場合があります。
※サポートは日本国内のみとさせていただきます。
※Japanese text only

Printed in Japan
ISBN978-4-04-400326-5　C0192

角川文庫発刊に際して

角川源義

第二次世界大戦の敗北は、軍事力の敗北であった以上に、私たちの若い文化力の敗退であった。私たちの文化が戦争に対して如何に無力であり、単なるあだ花に過ぎなかったかを、私たちは身を以て体験し痛感した。西洋近代文化の摂取にとって、明治以後八十年の歳月は決して短かすぎたとは言えない。にもかかわらず、近代文化の伝統を確立し、自由な批判と柔軟な良識に富む文化層として自らを形成することに私たちは失敗して来た。そしてこれは、各層への文化の普及滲透を任務とする出版人の責任でもあった。

一九四五年以来、私たちは再び振出しに戻り、第一歩から踏み出すことを余儀なくされた。これは大きな不幸ではあるが、反面、これまでの混沌・未熟・歪曲の中にあった我が国の文化に秩序と確たる基礎を齎らすためには絶好の機会でもある。角川書店は、このような祖国の文化的危機にあたり、微力をも顧みず再建の礎石たるべき抱負と決意とをもって出発したが、ここに創立以来の念願を果すべく角川文庫を発刊する。これまで刊行されたあらゆる全集叢書文庫類の長所と短所とを検討し、古今東西の不朽の典籍を、良心的編集のもとに、廉価に、そして書架にふさわしい美本として、多くのひとびとに提供しようとする。しかし私たちは徒らに百科全書的な知識のジレッタントを作ることを目的とせず、あくまで祖国の文化に秩序と再建への道を示し、この文庫を角川書店の栄ある事業として、今後永久に継続発展せしめ、学芸と教養との殿堂として大成せんことを期したい。多くの読書子の愛情ある忠言と支持とによって、この希望と抱負とを完遂せしめられんことを願う。

一九四九年五月三日

角川ソフィア文庫ベストセラー

芭蕉全句集
現代語訳付き

松尾芭蕉
訳注／雲英末雄・佐藤勝明

俳聖・芭蕉作と認定できる全発句九八三句を掲載。俳句の実作に役立つ季語別の配列が大きな特徴。一句一句に出典・訳文・年次・語釈・解説をほどこし、巻末付録には、人名・地名・底本の一覧と全句索引を付す。

蕪村句集
現代語訳付き

与謝蕪村
訳注／玉城　司

蕪村作として認定されている二八五〇句から一〇〇〇句を厳選して詠作年順に配列。一句一句に出典・訳文・季語・語釈・解説を丁寧に付した。俳句実作に役立つよう解説は特に詳載。巻末に全句索引を付す。

一茶句集
現代語訳付き

小林一茶
玉城　司＝訳注

波瀾万丈の生涯を一俳人として生きた一茶。自選句集や紀行、日記等に遺された二万余の発句から千句を厳選し配列。慈愛やユーモアの心をもち、森羅万象に呼びかける一茶の句を実作にも役立つ季語別で味わう。

飯田蛇笏全句集

飯田蛇笏

郷里甲斐の地に定住し、雄勁で詩趣に富んだ俳句を詠み続けた蛇笏。その作品群は現代俳句の最高峰として他の追随を許さない。第一句集『山廬集』から遺句集『椿花集』まで全9冊を完全収録。解説・井上康明

釈迢空全歌集

折口信夫
編／岡野弘彦

短歌滅亡論を唱えながらも心は再生を願い、日本語の多彩な表現を駆使して短歌の未来と格闘し続けた折口。私家版を含む全ての歌集に、関東大震災の体験を詠んだ詩や拾遺を収録する決定版。岡野弘彦編・解説。

角川ソフィア文庫ベストセラー

中原中也全詩集

中原中也

歌集『末黒野』、第一詩集『在りし日の歌』、第二詩集『山羊の歌』、没後刊行の第類に残された未発表詩篇をすべて網羅した決定版。巻末に大岡昇平「中原中也伝――揺籃」を収録。

俳句鑑賞歳時記

山本健吉

著者が四〇年にわたって鑑賞してきた古今の名句から約七〇〇句を厳選し、歳時記の季語の配列順に並べなおした。深い教養に裏付けられた平明で魅力的な鑑賞と批評は、初心者にも俳句の魅力を存分に解き明かす。

俳句とは何か

山本健吉

俳句の特性を明快に示した画期的な俳句の本質論「挨拶と滑稽」や「写生について」「子規と虚子」など、著者の代表的な俳論と俳句随筆を収録。初心者・ベテランを問わず、実作者が知りたい本質を率直に語る。

ことばの歳時記

山本健吉

古来より世々の歌よみたちが思想や想像力をこめて育んできた「季の詞」を、歳時記編纂の第一人者が名句や名歌とともに鑑賞。現代においてもなお感じることのできる懐かしさや美しさが隅々まで息づく名随筆。

俳句の作りよう

高浜虚子

大正三年の刊行から一〇〇刷以上を重ね、ホトトギス、ひいては今日の俳句界発展の礎となった、虚子の俳句実作入門。女性・子ども・年配者にもわかりやすく、今なお新鮮な示唆に富む幻の名著。

角川ソフィア文庫ベストセラー

俳句とはどんなものか	高浜虚子	俳句初心者にも分かりやすい理論書として、俳句とはどんな句か、俳人にはどんな人がいるのか、俳句はどのようにして生まれたのか等の基本的な問題を、懇切丁寧に詳述。『俳句の作りよう』の姉妹編。
俳句はかく解しかく味わう	高浜虚子	俳句界の巨人が、俳諧の句を中心に芭蕉・子規ほか四六人の二〇〇句あまりを鑑賞し、言葉に即して虚心に読み解く。俳句の読み方の指標となる『俳句の作りよう』『俳句とはどんなものか』に続く俳論三部作。
仰臥漫録	正岡子規	明治三四年九月、命の果てを意識した子規は、食べたもの、服用した薬、心に浮んだ俳句や短歌を書き付けて、寝たきりの自分への励みとした。生命の極限を見つめて綴る覚悟ある日常。直筆彩色画をカラー収録。
芭蕉百名言	山下一海	風流風雅に生きた芭蕉の、俳諧に関する深く鋭い百の名言を精選。どんな場面で、誰に対して言った言葉なのか、何に記録されているのか。丁寧な解説と的確で平易な現代語訳が、俳句実作者以外にも役に立つ。
金子兜太の俳句入門	金子兜太	「季語にとらわれない」「生活実感を表す」「主観を吐露する」など、句作の心構えやテクニックを82項目にわたって紹介。俳壇を代表する俳人・金子兜太が、独自の俳句観をストレートに綴る熱意あふれる入門書。

角川ソフィア文庫ベストセラー

俳句、はじめました　岸本葉子

人気エッセイストが俳句に挑戦！　俳句を支える季語の力に驚き、句会仲間の評に感心。冷や汗の連続だった吟行や句会での発見を通して、初心者がつまずくポイントがリアルにわかる。体当たり俳句入門エッセイ。

俳句への旅　森　澄雄

芭蕉・蕪村から子規・虚子へ——。文人俳句・女流俳句を見渡しつつ、現代俳句までの俳句の歩みを体系的かつ実践的に描く、愛好家必読ロングセラー。戦後俳壇をリードし続けた著者による、珠玉の俳句評論。

俳句歳時記　第四版増補（春、夏、秋、冬、新年）　編／角川学芸出版

的確な季語解説と、季語の本質を捉えた、古典から現代までのよりすぐりの例句により、実作を充実させる歳時記。季節ごとの分冊で持ち運びにも便利。行事一覧・忌日一覧・難読季語クイズの付いた増補版。

今はじめる人のための俳句歳時記　新版　編／角川学芸出版

現代の生活に即した、よく使われる季語と句作りの参考となる例句に絞った実践的歳時記。俳句Q&A、句会の方法に加え、古典の名句・俳句クイズ・代表句付き俳人の忌日一覧を収録。活字が大きく読みやすい！

覚えておきたい極めつけの名句1000　編／角川学芸出版

子規から現代の句までを、自然・動物・植物・人間・生活・様相・技法などのテーマ別に分類。他に「切れ・切れ字」「俳句と口語」「新興俳句」「季重なり」「句会の方法」など、必須の知識満載の書。